「っ……ね、がいですから、孝秋さん」
性器の根本を掴まれて、意地悪だと睨み付ける。
どうせ俺が睨んだ所で、この人が
どうとも思わないのは分かっていたけれど。
「いかせてほしいなら、もっといやらしく強請れ」
カラダも心も
縁結び！

カラダも心も縁結び！

成宮ゆり

17905

角川ルビー文庫

目次

口絵・本文イラスト／沖銀ジョウ

たった六年の付き合いではあるが、加藤孝秋《かとうたかあき》に関する事なら色々と知っている。

愛用しているペンのメーカー。苛立《いらだ》っているときに飴《あめ》を噛《か》む癖《くせ》。愛用の時計がスイス製である事。男にしては綺麗《きれい》好きである事。時々付けているベルガモットベースの爽《さわ》やか香水《こうすい》が、法務部の美女から贈《おく》られた物だという噂《うわさ》が本当である事も。

一見して加藤はその香《かお》りに似合う爽やかで甘い顔立ちをしている。しかし心構えをせずに近づくべきじゃない。社外にまで名を轟《とどろ》かせる鬼《おに》上司に相対する際に心得ておくべきことがある。
一、質問には簡潔に答え、出来る限り保留を避《さ》ける事。
二、発言には責任を持ち、論拠《ろんきょ》を提示する事。
三、時間は厳守する事。
そこに敢《あ》えてもう一つ追加するなら、ミスをした際に自己弁護をしない事だ。

「でも、指示メールを確認《かくにん》できたのが、昨日の夜だったので、時間がなくて……」

「指示の内容は事前段階で予測できただろ？　何も準備してなかったのか？」

他人に厳しく己《おのれ》には更《さら》に厳しい加藤には、言い訳が通用しない。相手が女性であろうと、新人であろうと関係なく鬼としての本領は発揮される。眇《すが》められた目は、完全に本職のソレだ。

「でも」

もう一度後輩《こうはい》が唇《くちびる》を開いたときに、ガリ、という音が聞こえた。

恐《おそ》らく加藤が口の中で飴を砕《くだ》いたのだろう。どうやら苛立ちはピークに達したらしい。

「でも？　俺が納得《なっとく》できるような理由があるのか？」

うんざりした顔で加藤が「寺山《てらやま》」と俺を呼んだので、間髪《かんはつ》容れずに「はい」と立ち上がる。

逃《に》げ出したい内心はおくびにも出さずに近づいて、怒《おこ》られている後輩の横に並ぶ。

「お前、どういう指導をしてるんだ？」

年は同じだが俺は高卒入社なので、彼女は後輩になる。だから昨年に彼女が異動してきたときから、俺が教育係を任されていた。そのため彼女の失敗の咎《とが》めは全《すべ》て俺に向けられる。

「すみません。今回の件は俺の指導に問題がありました。彼女と協力して、何とか明日までに先方に納得して頂けるような資料を作成します」

そう答えると加藤の瞼《まぶた》が半分落ちる。顔の造作が整っている分、怒っている顔に迫力《はくりょく》がある。

見つめているとガリ、ともう一度飴が砕ける音が耳に届いた。

答えを間違《まちが》えただろうかと、審判を受ける気分で、じっと加藤の言葉を待つ。

「できるのか？　今抱《かか》えてる仕事も明日までだろ？」

「やります」

加藤は俺から、女子社員に視線を移して「寺山からしっかり学べ。次に同じミスをしたら重要な仕事は二度と回さねぇから」と最後通牒《さいごつうちょう》を突《つ》きつけて、興味を失ったように視線を外した。

女子社員はほっと息を吐《は》き出し、殊勝《しゅしょう》な顔で頭を下げる。

　しかし加藤が取引先との打ち合わせでオフィスを出ていくと、後輩は「すみませんけど、今日私、残業できないんです」と困った顔で言った。

「だけど明日先方に謝りに行くなら、今日中に資料は作っておかないといけないから」

「でも、私が作った物が否定されてるんだから、また作っても同じっていうか。寺山さんが作った方が良いと思うんですよね。寺山さんは私より部長に気に入られてるし」

　後輩が加藤のデスクに目を向ける。

　加藤の正式な肩書《かたが》きは部長代理だ。ここは加藤が立ち上げた部署だが、年齢《ねんれい》的な問題で「代理」が付いている。パワハラ紛《まが》いの事を口にする上に、怒ると本当に鬼のように恐ろしいが、感情に左右されるような仕事の仕方は絶対にしない。

「君が担当者なんだから、君が作らないと。俺も手伝うから、早めに終わらせよう」

　残業ができないなら、俺の仕事は後回しにして先に後輩の方を片づけようと、作業を急《せ》かす。すると溜《た》め息を吐き出して、渋々《しぶしぶ》彼女が仕事に取り掛《か》かった。

　しかし彼女は定時の十分前に帰り支度《じたく》を始めた。まだ仕事が終わっていない。

　残りは持ち帰るのかと思っていたら、作りかけのデータが社内メールで送られて来る。

「今日は息子《むすこ》の誕生日なので、どうしても帰りたいんです」

　俺が口を開く前に、先手とばかりに後輩がそう言って、椅子《いす》から立ち上がった。

　彼女がシングルマザーなのは知っている。うちの母親もシングルだった。誕生日に、母親と一緒《いっしょ》に過ごしたい子供の気持ちは痛い程《ほど》分かっているから、何も言えなくなる。

父親が不倫《ふりん》相手と失踪《しっそう》してから、母親は苦労して俺達兄弟を育ててくれた。だから誕生日を一緒に過ごせる事は少なかった。しかしその事を寂《さび》しく思うよりも、母親に罪悪感を抱《いだ》かせるのが嫌《いや》で、自分の誕生日にはいつも気付いていないふりをしていた。

「分かった。じゃあ残りはやっておくから、明日は早めに来て内容を確認してくれるかな？」

彼女はまた溜め息を吐《つ》いて「仕方ないから……いいですよ、それで」と口にする。

その態度に少し苛立ちを感じつつも、子供のためだと我慢《がまん》して後輩を見送った。

彼女の仕事分と、自分の仕事を片づけたので、会社を出る頃《ころ》には十一時を過ぎていた。

腹が減っていたので早く帰るために、最寄《もよ》り駅で電車を降りると、普段《ふだん》は通らない薄暗《うすぐら》い旧商店街の裏路地に向かう。そのときに、近くのホテルから見知った顔が男と一緒に出てきた。

「やだ、もう、えっちなことばっかり言わないで」

きゃあきゃあ笑いながら、男の腕《うで》に細い両手を絡《から》めているのは、今頃《いまごろ》息子と一緒に誕生日を祝っている筈《はず》の後輩だった。思わず足が止まる。化粧《けしょう》も服も変わっているが、間違いない。

同僚《どうりょう》はそのまま俺には気付かずにうっとりと、学生風の男と一緒に駅の方へ向かっていった。

先程までさして感じていなかった疲労《ひろう》がどっと、肩にのし掛かってくる。薄《うす》いコートを通してじわじわと寒さが染《し》みこんでくる気がした。息をすると一月の冷たい空気が肺に刺《さ》さる。

「……また、騙《だま》された」

女性の嘘《うそ》が見破れないのは今に始まった事ではない。男兄弟で育ち、共学とはいえ女子なんてクラスに二人しかいない工業系の高校を卒業したせいで、女性の事は殆《ほとん》ど分からない。まだ火星人の方が理解できそうな気がする。火星に人がいればの話だけれど。

　そもそも女性の扱いが分からないのも、彼女たちの嘘に免疫《めんえき》がないのも、学生時代に恋愛《れんあい》に時間を割《さ》く精神的な余裕《よゆう》も物理的な余裕もなかったせいだ。しかし二十六にもなって誰《だれ》とも付き合ったことがないのは、俺自身にも問題があるのだろう。憧《あこが》れている女性はいるが、告白するほど勇気が持てない。いや、勝算がないから、踏《ふ》み出せないのだ。何せ彼女は、加藤と付き合っているらしい。

「部長相手に勝負挑《いど》む気なんて、全然起きないしな……」

　加藤と女性を取り合うなんて事態に陥《おちい》ったら、完膚《かんぷ》無きまでに叩《たた》き伏《ふ》せられそうだ。

　想像するだけで、爪先《つまさき》から心臓に向かって体が冷えていく。

「あんなに傍若無人《ぼうじゃくぶじん》でも部長がもてるのは、やっぱり顔が良くて仕事ができるからなのか？」

　極悪《ごくあく》ぶりは知れ渡《わた》っているのにもかかわらず、それでも社内の女性達の加藤を見る目は時々桃色《ももいろ》だ。恋《こい》は人を盲目《もうもく》にするというから、痘痕《あばた》も靨《えくぼ》フィルターで、情け容赦《ようしゃ》ない鬼《おに》ぶりも頼《たよ》りがいがある辣腕《らつわん》上司に変換《へんかん》されているのかもしれない。

　先程見た同僚の女性も、恋をしているせいか至極幸せそうだった。本当に今日が子供の誕生日だったのかは分からないが、子供を放って男と一緒にいる事には変わりがない。仕事や子供よりも恋人《こいびと》の方が大事だと思えるなんて、「恋人」はそれほど価値のあるものなのだろう。

　子供より恋人をとる事に批判的な気持ちはあるが、同時に羨《うらや》ましくもある。

「どうすれば、そんな存在に巡《めぐ》り会えるんだろうな。しかもその相手も自分を好きになってくれるなんて、天文学的確率だろ……」

　そんな奇跡《きせき》が到底《とうてい》自分に訪《おとず》れるとは思えない。不幸な現実から目を背《そむ》けて、溜め息を吐いて歩いていると、自販機《じはんき》を見付けた。独り身を自覚したら急に寒さが身に染みて、温かい珈琲《コーヒー》でも買おうと、財布《さいふ》から硬貨《こうか》を取り出したときに、手が滑《すべ》って小銭《こぜに》が周囲に散らばる。

「なんなんだよ」

　今日は最悪な日だな、と思いながらお金を拾い集めていると、少し先の方で何かが光った。拾い損《そこ》ねた小銭だろうかと、そちらに近づく。五百円玉が道の上で光っていた。しかし汚《よご》れ具合から見て、俺の物ではなさそうだ。どうしようか、とそれを手にして顔を上げたときに、目の前に石の台座に乗った小さな祠《ほこら》がある事に気付く。

「これ、前からあったか？」

　シャッターが閉じて久しい商店に挟《はさ》まれて窮屈《きゅうくつ》そうな祠の足下《あしもと》には古びた賽銭《さいせん》箱が置かれている。祠自体も屋根や扉《とびら》の塗装《とそう》が剥《は》げ、人々から忘れられた存在に見えた。

　この道は時々通っているが、奥まった所にあるせいか、今まで目に留まった事はない。一体何を祀《まつ》っているのかは分からないが、賽銭箱には「満願成就《じょうじゅ》」と書かれていた。信じたわけじゃないが、拾った金を着服する気にならず、手にした硬貨を小さな箱に入れる。すぐにカツンと小銭が底に当たる音が聞こえた。

「一応、何か願っとくかな」

　どうせ叶《かな》いはしないだろうから、適当な願いを思い浮《う》かべる。両手を合わせて「二十七歳までに恋人が欲しい」と呟《つぶや》く。口にしてすぐ、いい歳《とし》をして馬鹿《ばか》なことをしていると思った。

しかしその瞬間《しゅんかん》どこからともなく、寂れた場所には相応《ふさわ》しくないファンファーレが鳴り響《ひび》く。

ぎょっとして周囲を見回すと、祠の扉がギィイイと不気味な音を立てて開いた。

「おめでとうございます。只今《ただいま》祠建立《こんりゅう》百年記念キャンペーン中につき、五百円以上ご奉納《ほうのう》頂いた方、先着三名様に限りどのような願いもノークレームノーリターンでたちどころに叶えます」

通販《つうはん》番組の司会者みたいな台詞《せりふ》を言いながら、祠の扉から出てきたのは、子供だった。

牛若丸や源氏物語の登場人物が着るような衣装を身に纏《まと》い、手にはラッパを持っている。

その時代錯誤《さくご》な格好も確かに問題だが、それよりもサイズがおかしい。いくら子供と言っても小さすぎる。軽く掌《てのひら》に乗るサイズだ。そんな人間が、いるわけがない。俺が火星人の方が女性より理解できるなんて考えたせいで、こんな物が見えるようになってしまったんだろうか。

「………なんだこれ、現実？」

余りの事態に言葉を無くす。目に映る物が信じられない。

もしかして弟達が物陰《ものかげ》から俺を笑っているのではないかと、再度周囲に視線を巡らせ、カメラやスタッフが仕込まれているのではないかと祠の裏を覗《のぞ》き込んだ。

そこに何もないのを確かめてから、もう一度改めて目の前の変な生き物に焦点《しょうてん》を合わせる。

「勿論《もちろん》リアルですとも。ご安心ください。今回は特別限定企画《きかく》ですので、奉納金額さえ基準をクリアされていたら、請願者《せいがん》の信教宗派は問いません。勿論追加手数料も一切《いっさい》頂きません」

立て板に水の口調でまくしたてられて、理解が追いつかない。

まず祠から出てきた得体の知れない物の正体が知りたくて、「あんた、何者？」と間抜《まぬ》けな質問をする。

小さな子供は俺の質問にきょとんとした顔で「何者って、ここの祭神です。呼び方でしたら、普通《ふつう》に神様と呼んで頂ければ結構」と、実に偉《えら》そうに胸を反らす。

「かみさま？」

〝神も仏もない〟という慣用句の、あの神様だろうか。これが？　この小さいのが？

男とも女とも言えない中性的な顔立ちをしていた。

しかし見掛《みか》けは子供でも、浮かべている表情は大人の物で、それが余計に不気味に思える。

「寺山朔《さく》、貴方《あなた》の願いは承《うけたまわ》りました。二十七歳までに恋人ができるよう尽力致《じんりょくいた》しましょう。あと三ヶ月ですが、私に不可能はありません」

可愛《かわい》らしい顔だったが、笑うと唇《くちびる》が頬《ほお》の方まで半月状に裂《さ》け、やけに鋭《するど》い歯がずらりと並んでいるのが見えてぞっとする。

そのとき俺は「貧乏神《びんぼうがみ》」も「疫病神《やくびょうがみ》」も「死神」も、全《すべ》て「神様」と呼ぶ事を思い出した。

◆◆◆

目が覚めると、小指が強く痛んでいた。布《ふ》団《とん》の中からもそもそと指を出して見ると、小指の付け根が赤紫《あかむらさき》になっている。細い糸でぎりぎりと締《し》め付けられるような感覚が不思議だった。

「昨日何かしたっけ……？」

昨夜の事を思い出そうとすると、真っ先に不気味な顔で笑っていた自称《じしょう》神様が頭に浮かぶ。

あの後、逃《に》げるように家に帰り、混乱したまま一人で食事をして、風呂《ふろ》に入ってから眠《ねむ》った。

しかし一夜明けて冷静になれば、アレにはやはり何か仕掛《しか》けがあったのだと一瞬でも超自然的な存在を信じた自分が間抜けに思えた。

神様はリモコン操作されていて、望遠か定点カメラで俺の様子を誰《だれ》かが観察していたのだろう。仕掛けたのは素人《しろうと》参加型のバラエティ番組か、もしくは悪戯《いたずら》好きな近所の人間に違いない。

「そうじゃなきゃ説明付かないしな」

小指の痛みと昨日の変な出来事のお陰《かげ》で気分が晴れないまま、部屋を出て階段を降りる。

居間に入ると、まだ朝早いにもかかわらず焼き魚の良い匂《にお》いがした。

「おはよう。今日は午後から雨が降るらしいよ」

台所に立って朝食の支度《したく》をしてくれているのは、今年七十歳になる祖母だった。

再婚《さいこん》して出て行った母親の代わりに、俺と弟達の朝食を作ってくれている。

夕食は仕事の関係で一緒《いっしょ》に取れないことが多いので、朝食だけは出来る限り付き合うようにしていた。顔を洗ってから、居間に出来上がった料理を運ぶ。

「そういえば昨日は随分遅《ずいぶんおそ》かったみたいだけど、もしかして恋人《こいびと》と一緒だったの？」

弟達はまだ眠っているので、朝食はいつも俺と祖母の二人で食べる。

その際の話題の殆《ほとん》どが弟達の事や仕事、もしくは俺の交友関係についてだった。学生時代はまだしも、社会に出てからも女気がないので、祖母からはかなり心配されている。

「いや、昨日のは、普通に仕事だったから……。年度末も近いから忙《いそが》しくて、今日も遅くなるかもしれないけど、遊んでるわけじゃなくて残業だから」

クリスマスのときも、残業を終えて帰ってきたら同じ誤解をされた。

情けない気持ちで誤解を解くと、祖母は落胆《らくたん》気味に「そう、体には気を付けてね」と呟く。

食事を終え、身嗜《みだしな》みを整えて家を出るときに、ゴミ袋《ぶくろ》を手にすると、祖母が「弟達の面倒《めんどう》ばかりみてないで、朔には人生を謳歌《おうか》してほしいの。たまには女友達と飲みに行ってみたりするのも良いと思うわ。お付き合いって、そういうのを経て発展するものだから」と助言をくれる。

この真綿で締め付けてくるプレッシャーと罪悪感のせいで、祠に変な事を願ってしまったのかもしれない。その結果、誰かの悪趣味《あくしゅみ》な悪戯に引っかかったわけだ。

「……じゃあ、忙しくなくなったら」

正直、女の友達はいない。男友達ですら、忙しさにかまけてろくに連絡《れんらく》を取っていなかった。

「なんなら私の知り合いのお孫さんとお友達になるところからはじめてみる？」

「いや、いいよ。それより俺、もう仕事だから行かないと」

親切心から言っているだけに、耳と心に痛い祖母の言葉から逃げるように玄関《げんかん》を開ける。

冬の朝は相変わらず寒く、水溜《みずた》まりには薄氷《はくひょう》が張っていた。子供の頃《ころ》に氷を踏《ふ》み割って登校をしていた記憶《きおく》が蘇《よみがえ》り、あの頃は漠然《ばくぜん》と大人になれば誰でも結婚《けっこん》出来る物だと考えていた事を思い出す。幼い頃に親が離婚《りこん》したせいか、大人になったら離婚して子供を悲しませるような事はしないし、たくさん子供と遊ぶ親になると決めていた。

「子供や離婚どころか、結婚できてないし……な。それよりもまず、彼女すらいないもんな」

手にしていたゴミは駅に行く途中《とちゅう》にある収集所に捨てた。

そのとき誰かの不透明《ふとうめい》なゴミ袋の中に、結婚相談所のチラシが入っているのが偶然《ぐうぜん》目に入る。

「神頼《かみだの》みなんかせずに、自分で積極的に動いて相手を探さないとな」

だからといって、女性なら誰《だれ》でもいいわけじゃない。

「でも、正直まだ結婚とか、それ前提の付き合いって考えられないんだよな」

まずは結婚よりも先に童貞《どうてい》を捨てるべきだろうと思ったが、恋愛《れんあい》抜《ぬ》きに性欲《せいよく》だけを満たす行《こう》為《い》には抵抗《ていこう》を覚えた。それにはじめては好きな相手としたい。

そんな事を考えながら電車に揺《ゆ》られていると、結婚紹介所《しょうかいじょ》の立て看板が目に入る。

看板にされた女性は誇《ほこ》らしげに、大きなダイヤのはまった婚約指輪を見せていた。なんとなく釣果《ちょうか》を自慢《じまん》する釣《つ》り人を連想したときに、小指の痛みが薄《うす》れている事に気付く。

赤紫色だった小指の付け根が、今は赤くなっている。痛みも徐々《じょじょ》に薄れていた。

地下鉄に乗り換《か》えながら、きっと知らぬ間にどこかにぶつけたのだろうと考える。

会社の最寄《もよ》り駅で降りてからは地下道を歩いて、自社ビルに向かう。

俺が勤める会社は国内は元より海外でも手広く商売をしている。入社倍率の高い一流企業《きぎょう》で、本来なら俺は入社試験を受ける資格すらない。

六年前に俺の勤務先が今の会社に吸収され、自動的にここの社員になったので、未《いま》だに時々他人の豪邸《ごうてい》に間借りしている気分になる。会社の規模が大きすぎて、事業も総《すべ》て把握《はあく》しきれていない。ただ、会社自体は巨大《きょだい》だが、俺の部署は十数人と少数精鋭《せいえい》で回っていた。

その中で最も働いているのが、部長代理の加藤だ。

「おはようございます」

オフィスのドアを開けると、まだ朝の七時にもかかわらず加藤は既《すで》にデスクにいた。

「早速《さっそく》資料を読んだが、この数字は何を根拠《こんきょ》に弾《はじ》き出されてるんだ?」

加藤は一日の睡眠《すいみん》時間の平均が四時間だ。忙しいときは二時間程度らしいが、それで不足は感じないそうだから、羨《うらや》ましい。加藤が寝《ね》ぼけていたり、眠そうにしている姿を見た記憶がないから、実際それで足りているのだろう。今もはきはきと声を掛《か》けてくる。

「どこの数字ですか?」

コートとマフラーと鞄《かばん》を自分のデスクに置いて近づく。

加藤が見ているモニタを覗《のぞ》き込もうとすると、加藤が椅子《いす》に座ったまま俺を見上げた。

するといきなり伸《の》びてきた手が首の後ろに回り引き寄せられる。「え」と思った次の瞬間《しゅんかん》には唇《くちびる》が何か柔《やわ》らかい物で塞《ふさ》がれていた。呼吸が止まり、同時に脳の活動も休止する。

一体何が起こったのか分からないうちに、唇が解放されて甘い匂いが鼻を掠《かす》めた。

これは苺《いちご》みるくの香《かお》りだ。よく部長が奥歯でガリガリ嚙《か》みつぶしている物だ、と気付いた瞬間に目の前の男の上司の姿が目に入る。

どんなときでも冷静で動揺《どうよう》した素振《そぶ》りを部下に見せない加藤が、珍《めずら》しく驚《おどろ》いた顔をしていた。

普段《ふだん》は細められている目が大きく開いているせいで、いつもとは印象が違《ちが》って見える。

その薄茶色《うすちゃいろ》の綺麗《きれい》な瞳《ひとみ》と視線が合った瞬間、かっと自分の体が熱くなった。

何をされたのか、遅まきながら理解して反射的に唇を押さえて後退《あとずさ》さると、背中が強化硝子《ガラス》で出来たカーテンウォールにぶつかる。

「あの、部長……っ」

キスをされた事は理解できたが、冷静になろうと努めれば努める程《ほど》、思考の糸が捻転《ねんてん》していく。メリーゴーラウンドのように？《インテロゲーションマーク》と！《スクリーマー》が糾《あざな》われて、状況《じょうきょう》が上手《うま》く理解できない。

混乱を極《きわ》める俺の前で、加藤も自分の行動に戸惑《とまど》いを覚えているようだった。

寝ぼけた姿は見たことがないと思っていたが、もしかしたらこれは寝ぼけているのだろうか。

何か、この行動に相応《ふさわ》しい言い訳が欲しくて見つめていると、加藤がゆっくりと唇を開いた。

「驚いている顔も可愛いな」

期待した物とはまるきり違う言葉に、激務のせいでおかしくなったのかも知れないと焦《あせ》る。

しかし自分で言った癖《くせ》に、加藤は自分が口にした言葉に信じられないという顔をしていた。

「……」

お互《たが》い年末年始からずっと働きづめだ。一月に入ってから多少はましになるかに見えたが、新しいプロジェクトが立ち上がったので、特に加藤はこの所ずっとその対応に追われていた。

多少頭がいっちゃっても、不思議ではない。

「そんな焦った顔をされると、もう一度したくなる」

多少どころの話じゃないな、と半ば無意識に数歩、背中を硝子に付けたまま横にずれる。

混乱する俺を前に、加藤は考え込むように唇に手を当てた。

吐《は》き出される言葉とは相反する表情が怖《こわ》い。というか、甘い言葉を囁《ささや》く加藤が怖い。ましてそれが俺に向けられているなんて、絶叫《ぜっきょう》物の恐《おそ》ろしさだ。

真意を探《さぐ》るために、視線を向けたときにふと、加藤の小指に付いた赤い痕《あと》に気付く。

俺の物と似ている。いや、まるきり同じだ。まるで見えない糸で強く締《し》め付けられたような痣《あざ》を見て、不意に昨夜の出来事を思い出す。例の自らを神様だと言う、小人。

まさか、あんなの、本当の神様であるはずがない、とぐるぐる考えていると、加藤はもう一度何かを言おうとして、躊躇《ためら》った後で口を閉《と》ざした。

その隙《すき》に「俺、トイレに行ってきます」と子供みたいに宣言して、オフィスから逃《に》げる。

トイレには行かず、混乱したまま隣《となり》にある会議室に入り、誰《だれ》もいない室内で頭を抱《かか》えた。苦手な上司に素面《しらふ》でキスをされるなんて、平凡《へいぼん》な人生を送ってきた俺に処理できる案件じゃない。

「昨日から何の冗談《じょうだん》なんだ？　あの変な小さいのがもしかして何かしたっていうのか？」

「小さいの、とはもしや私の事ではないでしょうね？」

突然《とつぜん》聞こえた声にばっと顔を上げて周囲を見回す。声の主は会議室の楕円形《だえん》のデスクの上に立っていた。昨日はラッパを持っていたが、今日はその手にやけに長い煙管《キセル》を持っている。

相変わらず、時代錯誤《さくご》な格好をしていた。

とうとう加藤だけでなく俺の頭までおかしくなってしまったのかと恐怖《きょうふ》を感じる反面、幻覚《げんかく》や妄想《もうそう》にしてはやけにリアルな子供を前にして、ごくりと唾《つば》を飲み込む。

「あんた、一体どこから忍《しの》び込んだんだ……？」

「私は神ですからね。管轄《かんかつ》内なら、行きたい所にはどこにでも行けるのですよ」

「神様って、まさか本気か？　そんなに小さいのに？」

俺が知っている神様とは随分《ずいぶん》形状が違う。これが神様だと認めるよりも、誰かの悪趣味《あくしゅみ》な悪戯《いたずら》だという方が百万倍も納得《なっとく》できる気がしたが、そう言えば昨日も名乗ってもいない俺の名前を口にしていた。まさかこれは本当に神様なんだろうか。

「疑うなんて無礼千万《せんばん》千客万来。侮辱《ぶじょく》すると後が怖いですよ？　私のバックに誰が付いてるか分かって言っているんですか？　人間風情《ふぜい》が。あまり調子に乗ってると八百万《やおよろず》の仲間で貴方《あなた》の家を囲みますよ。自分の立場を矮小《わいしょう》な脳味噌《のうみそ》にきちんと刻みつけておきなさい」

いくらなんでも、これを敬う気には到底《とうてい》なれない。

「そもそも願いを叶《かな》えて貰《もら》う分際で〝あんた〟などと言うべきではありませんね。弁《わきま》えなさい」

偉《えら》そうにつんと反らした顎《あご》を見ていたら、苛立《いらだ》ちよりも先に嫌《いや》な予感が込み上げてくる。

願い、と聞いて昨日祠《ほこら》に向かって口にした馬鹿《ばか》げた台詞《せりふ》が記憶《きおく》の沼《ぬま》からぼこりと顔を出す。

その後に目の前の小さいのが吐き出した台詞も、同時に蘇《よみがえ》った。

「部長の奇行《きこう》はもしかしてあんたが原因なのか……？」

恐る恐るした質問に、自称《じしょう》神様が大仰《おおぎょう》に頷《うなず》く。

どこか誇《ほこ》らしそうにすら見える表情を目にして、「冗談じゃない！」と叫《さけ》ぶ。

途端《とたん》に、小さいのはむっと唇を尖《とが》らせた。幼い動作と大人びた言葉とのアンバランスさに、

イラスト／神葉理世
Ruby & Ciel 4
APRIL 2013
イラスト／みなみ遥
角川書店ボーイズラブ情報はこちらから
CIEL公式HP
http://www.kadokawa.co.jp/ciel/
ルビー文庫公式HP
http://www.kadokawa.co.jp/ruby/

角川書店 〒102-8078 東京都千代田区富士見1-8-19 角川書店 メディア局
Phone:03-3238-8697 http://www.kadokawa.co.jp
◇アニメ、コミック、ゲーム、ホビーの総合サイト『キャラアニ・ドット・コム』◇ http://www.chara-ani.com
発行:角川書店 発売:角川グループパブリッシング

余計に混乱する。そもそも俺はこんな事態を理解できるほど柔軟《じゅうなん》な脳の構造はしていない。

二十六年もシビアな人生を生きてきて、いきなりこんなメルヘンな事態を理解しろという方が無理だ。

そもそも神様が実在するならば、もっと差し迫《せま》った状況のときに出てきて欲しかった。

例えば、父親が失踪《しっそう》した際や家計のためにバイトをしていたときに。

「恋人《こいびと》が欲しいと願ったのは貴方でしょう？　因果応報雲外蒼天《そうてん》です」

「男の恋人が欲しいとは言ってない！」

まだ目の前の物の存在を認められないながらも、そこは突《つ》っ込まずにはいられなかった。

「今更《いまさら》条件を付加されても困ります。そもそも貴方の場合、行動範囲《はんい》が狭《せま》いので近所か社内からしか選べませんでした。それから最初に申しましたがノークレームノーリターンです。こちらは願いを叶えて差し上げるんですから、有難《ありがた》く受け取るのが筋では？」

図々《ずうずう》しいと言わんばかりの口調に、思わず反論したくなったが、どうにか我慢《がまん》する。

訳が分からないながらも、下手《へた》にこいつの機嫌《きげん》を損《そこ》ねない方が良いと本能が告げていた。

「分かった。俺が無茶な願いをしたなら、謝る。いや、謝ります。だから撤回《てっかい》させて下さい」

ひとまず、神様が実在するか否《いな》か、目の前のこれが本当に神様なのかどうかという問題はおいておいて、下手に出て要求を伝える。しかし小人はにべもなかった。

「願いの詳細《しょうさい》は既《すで》に上に報告してあります。修正も取消しも不遡及不将不迎《ふそきゅうふしょうふげい》。期間が設けられていなければ、社外からの選別も可能でしたが……。賽《さい》は投げられたので匙《さじ》を投げなさい」

「あんた、いやあなたは神様なんでしょう？　上、ってなんですか？」

「出雲《いずも》です。最近、願いを叶えるのをさぼっていたのでテコ入れです。キャンペーンも上からの指示……いえ、私の事はどうでも宜《よろ》しい。とにかく貴方の願いは変更《へんこう》できません」

「じゃあ、せめて、相手を変えて下さい」

百歩譲《ゆず》って社内から選ぶにしても、同じ部署から選ぶにしても、異性からにして貰いたい。何故《なぜ》よりによって男で、上司で、しかも加藤なんだ。俺にも加藤にとっても、不幸すぎる。

「運命の糸は結んでしまいました。締結《ていけつ》は簡単ですが、解除が面倒《めんどう》なので我慢なさい。調査によると、加藤孝秋はかなり優秀《ゆうしゅう》な人間で、どうも多くの方から人気があるようですね。まさに秀外恵中《しゅうがいけいちゅう》　羞月閉花《しゅうげつへいか》。そんな方が恋人になるなんて素晴《すば》らしい事でしょう？　喜びなさい」

「異性ならな！　あいにく俺は男の恋人が出来て喜ぶような趣味《しゅみ》はねーよ！」

思わず怒鳴《どな》りつけると、自称神様は煙管を咥《くわ》えて吸い込んだ息を煙《けむり》に変え、長々と吐き出す。

その煙が小指に触《ふ》れると、ラマン効果のように煙の中に小指から続く赤い糸が見えた。

糸というよりレーザービームに似たそれは、オフィスの方角に向かっている。

壁《かべ》に阻《はば》まれて先は見えないが、この糸が指し示す先が天空の城でないのは、尋《たず》ねなくても分かった。それは位置的に、加藤のデスク方向に伸びている。赤い糸が本当にあるとは知らなかった。実在するとしても、まさかこんな絶望的な気分で眺《なが》める事になるとは、思わなかった。

「体の距離《きょり》が近くないと、心の距離も近づけませんからね。とりあえず手っ取り早く糸で繋《つな》がって頂いてるんですよ。物理的に」

煙が消えると赤い糸も見えなくなる。痕《あと》の上を擦《こす》ったが、やはり糸に触れる事は出来ない。

「諦《あきら》めて、彼を好きになりなさい。そうすれば貴方の願いは叶い、私のノルマも達成される」

自称神様は言いたいことだけ言うと、再度煙を吐《は》き出す。まるで煙幕《えんまく》のような煙が消える頃《ころ》には、小さいの姿も跡形《あとかた》なく消えていた。一人きりになった部屋で、思わず頭を抱《かか》える。

今見た物が全《すべ》て幻《まぼろし》ではないというのは、小指にあるリング状の痕や、加藤の奇行からも判断できる。けれど今まで培《つちか》ってきた常識を一気に覆《くつがえ》すような事態に、頭も心もついていけない。

「どうしてこんな事になったんだ……?」

禍々《まがまが》しい物を眺める気分で、自分の小指に視線を落とす。

オフィスに戻《もど》らなくてはいけないのは分かっていたが、加藤と顔を合わせるのが憂鬱《ゆううつ》だった。

会社が吸収されて、今の部署に配属されたばかりの頃、自分のミスで加藤と一緒《いっしょ》に取引先に謝罪行脚《あんぎゃ》したときよりも、余程顔を合わせづらい。

「……なんでよりによって加藤なんだよ……」

嫌がらせとしか思えない。いや、もしかしたら本気で嫌がらせなのかもしれない。

それでも戻らないわけにはいかずに、すごすごとオフィスに帰る。

硝子《ガラス》がはめ殺しにされたドアを開けるとき、掌《てのひら》に汗《あせ》がじわりと滲《にじ》むのを感じながら、キーを押してパスワードを入力する。ロックが外れる音が、まるで地獄《じごく》の門扉《もんぴ》が開く音に思えた。

加藤は俺を見た途端「寺山、話がある」と口にする。

「はい」

条件反射でそう答えてから、加藤が吐き出した台詞《せりふ》が、先程のような戯《ざ》れ言ではない事に少し安堵《あんど》する。一応デスクには近づいたが、普段《ふだん》よりもたっぷり距離を取った。

「さっきは悪かったな」

「いえ……大丈夫《だいじょうぶ》、です」

大丈夫じゃないけれど、そう答えるしかない。ある意味、上司も被害者《ひがいしゃ》だ。俺に歯が浮くような台詞を口にした時の戸惑《とまど》った顔を思い出し、責めるどころか謝りたくなる。綺麗《きれい》な女性とばかり噂《うわさ》になってきた加藤も、男相手にあんな台詞を吐くのはさぞ不本意だっただろう。

「どうかしてた」

その言葉を聞いてほっとした。どうやら、もう自分を取り戻したらしい。流石《さすが》は加藤だ。

「ええ、分かってます」

部長はあの見た目も日本語も変な生き物に操《あやつ》られていただけです、と舌先に迫《せ》り出した言葉を飲み込む。加藤は俺の反応に対し、意外そうに片方の眉《まゆ》を上げて、それから珍《めずら》しく言い淀《よど》むように視線を落としてから、再び俺を見た。正面から見つめられると、顔の良さを再認識《さいにんしき》する。

完全に線対称《たいしょう》の顔はバランスが取れていて、眉は意志の強さを表すように力強い。笑うと歳《とし》より若く見えるが、普段は肩書《かたが》きに相応《ふさわ》しい貫禄《かんろく》がある。尤《もっと》も褒《ほ》めるべき点は外見だけでない。いくら成果重視とはいえ、まだ年功序列の概念《がいねん》が残っているうちの会社において、加藤の若さで部長代理の肩書きは特例だ。裏を返せば特例を作らせるほど、加藤は優秀だった。

俺は直接は知らないが、前の部署での功績は未《いま》だに社内の人間の口々に上る。

そんな中身も外見も優《すぐ》れている男に女性達が恋《こい》に落ちる様は、何度も見てきた。しかし彼女達の好意や恋愛《れんあい》感情は長続きしない。加藤の優秀さは有名だが、同時に鬼《おに》ぶりも有名だからだ。

「分かってるとは思えないな」

そう言い切ると、加藤は半分瞼《まぶた》の落ちた目で俺を見た。

六年間散々扱《しご》かれたので、その台詞だけでびくりと肩が跳《は》ねて、条件反射で謝りたくなる。

元々俺は、強者を前にしてガタガタ震《ふる》えるようなタイプじゃない。負けん気は強かったから、十代の頃はそれなりに、暴力的な思春期を過ごした。その矛先《ほこさき》は家族ではなく同世代に向いていたので、学校では問題児扱《あつか》いだった。自分で言うのもなんだが、なよなよした見た目に反してわりと強かったんだ。だから他人に対して臆《おく》した事はない。加藤という例外を除いては。

『使えない奴《やつ》はいらない。半年待ってやるから、使えるようになれ』

そんな台詞と共にプロジェクトの資料一式を、デスクに置かれた新人の頃《ころ》を思い出すと、胃が痛くなる。三日で頭に入れろと言われたファイルは、飯を食べるときも手放せなかった。

渾名《あだな》は伊達《だて》じゃなかったとマドリッドプロトコルや各国の関税に関する資料を読み込みながら痛感した容赦《ようしゃ》ない鬼っぷりに、とんでもない人の部下になったと運命を半ば呪《のろ》った。

しかしあのときは、まさか想像もできなかった。

「好きだ」

六年後。二人きりの早朝のオフィスでその鬼上司から告白されるなんて、未来は。

「へ、は……？」

六年前の自分に話してもきっと信じて貰《もら》えないだろう。実際、今の俺も現実が信じられない。

「俺はお前が好きだから、触れた。だけどいきなりあんな事をして悪かった。それだけは謝る」

「ぶ、部長、お、落ち着いてください」

部長は自分を取り戻してなんかいなかったと気付き、舌が縺《もつ》れる。

半信半疑だった神様という存在が、現実であることを実感する。でなければ加藤がこんな事を言うわけがない。拾った金で私欲《しよく》を願った罰《ばつ》だというなら、今すぐ倍額を慈善《じぜん》団体に寄付するから、この訳の分からない状況《じょうきょう》を「全て夢だった」で綺麗に終わらせて欲しい。

「俺は落ち着いてる。お前こそ落ち着け」

加藤の視線は俺の手首に向いていた。無意識に指先が時計を擦っていた事に気付く。

新人の頃に商談やプレゼンの最中に加藤の前でよくやっていたので、それが焦《あせ》ったときの癖《くせ》だというのはばれている。何度か「やめろ」と注意されたが、未だにしてしまう。

「部長は混乱してるだけです。好きだとかそういうのは、神様に言わされてるだけで」

俺も混乱しているが、加藤の混乱の方が酷《ひど》い。血迷うにも限度がある。

「何を言ってるか分からないが、俺は本気だ。お前が俺の気持ちを受け入れないからといって、仕事に影響《えいきょう》させるつもりはない。だけど、諦めるつもりもない。分かったな？」

ミーティング時の「申請書《しんせいしょ》のフォーマットが変更《へんこう》されたから確認しておけ。分かったな？」と同じ様子で口にされる言葉に、頭を抱《かか》えたくなる。加藤は「決定事項《じこう》だ」と言わんばかりだ。

「いや、ちょっと、待ってください。違《ちが》うんです」

「何が違うんだ?」

加藤の問い掛《か》けに、俺は先程《さきほど》会議室で神様と交《か》わした会話を思い出す。

「俺が好きだって言うのは、一時の気の迷いです。元々部長は女性と付き合って来てたじゃないですか。それに俺も女性が好きですから、部長の気持ちには絶対に応《こた》えられません」

真っ直《す》ぐ目を見て言い返す。加藤は俺の返答を聞いても、気を悪くした素振《そぶ》りはない。

鬼上司は鬼という呼称《こしょう》に違《たが》わずわりとよく怒《おこ》る。声を荒《あら》らげる事は少ないが、不機嫌《ふきげん》なときにその感情を隠《かく》す努力はしない。だから注意深くならなくても、気持ちを読み取る事は容易《たやす》かった。

「すぐに受け入れろとは言ってない。時間をかけて口説くから、お前も焦らなくて良い」

「っ」

加藤が若くして大きなプロジェクトを成功させたのは、実力もさる事ながらその押しの強さにも秘訣《ひけつ》がある。一度「やる」と宣言したら、曲げない。揺《ゆ》らがない。手段を選ばない。

思わず言葉を無くして立ち尽《つ》くす俺を前に、加藤は「プライベートの話は以上だ。仕事の話の続きだが、ここの数字は……」と、平然とした顔で俺が昨日作成した資料を指さす。

モニタに向かう加藤の手、小指に出来たリング状の赤い痕《あと》を見ながら、無神論者が神頼《かみだの》みなんてするべきじゃなかったと心底後悔《こうかい》した。

◆◆◆

「ぐ、出てこい、この……っ」

白い息を吐《は》き出しながら、渾身《こんしん》の力で祠《ほこら》の扉《とびら》を開けようとしたが、びくともしない。

今日は加藤に外出の予定が入っていたので、気まずい空気からはすぐに解放されたが、明日は向こうにも俺にも外出や会議は入っていない。部署共有のスケジュール管理ソフトでそれを確認したときは、絶望した。なんとしても、今日中に〝赤い糸〟を解除して貰う必要がある。

隙間《すきま》に爪《つめ》を入れたり、ペン先を押し込んでみるものの、扉は一向に開く気配がない。

中には何かがいる気配があるから、居留守を使われているのは分かっていた。

しかし扉が開かない以上、どうする事も出来ない。

「……クソチビ」

断腸の思いで諦《あきら》めて、悪態を吐《つ》いて背を向けると、ギッと扉が軋《きし》む音がした。

慌《あわ》てて振《ふ》り返ると素早《すばや》い速度で、何かが飛んで来る。

「痛っ」

避《よ》けられずに額に当たった小さな何かは、跳ね返ってアスファルトに落ちた。

それはミニサイズの下駄《げた》だった。板のところに〝神機妙算《みょうさん》 因果応報〟と書かれている。

反射的に祠を睨《にら》み付けたが、既《すで》に扉は閉まっていた。苛立《いらだ》ち紛《まぎ》れに拾った下駄を投げつけると、カツンと屋根の部分に当たって、暗がりに消える。

小指の付け根はじくじくと痛んでいた。加藤が取引先に出掛《でか》けてからずっとだ。夕方に一度帰ってきたときは痛みが無くなったのに、こうして家に向かうに比例して再び痛みが増した。

会議室では他にも色々と衝撃《しょうげき》的な事を耳にして聞き流してしまったが、物理的にはこういう事らしい。どうやら距離《きょり》が離《はな》れるほど、締《し》め付けられるようだ。

厄介《やっかい》な事しかしてくれない自称《じしょう》神様に、苛立ちながらも諦《あきら》めて家に帰る。

「なんで俺がこんな目に……っ」

どうせ有り得ない相手から告白されるなら、法務部の薔薇《ばら》と名高く加藤と噂《うわさ》のある北方《きたかた》さんや、受付の聖母と呼ばれる町田《まちだ》さんが良かった。もしかして神様には性別の概念《がいねん》が無いのだろうか。もし一日前に戻《もど》れるなら、小銭《こぜに》は拾うなと殴《なぐ》ってでもいいから、自分を止めたい。

後悔しながら自宅の玄関《げんかん》を開けた。高校生の弟は二人揃《そろ》ってバイトと部活に明け暮れている。祖母は十時には寝《ね》てしまうので、家は玄関以外は暗く、静まり返っていた。

温める手間を省いて、食卓《しょくたく》に用意されている冷めた夕食を食べ、風呂《ふろ》に入って部屋に向かう。

「明日になったら、部長が正気に戻ってるといいな……」

ベッドの中で祈るようにそう呟《つぶや》いたが、翌朝、相変わらず小指に痕があるのを見て夢が終わってないことに落胆《らくたん》する。

「会社行きたくない」

いっそ仮病《けびょう》で休んでしまおうかと社会人にあるまじき事を考えたが、抱えている仕事の事を思い出すと、休んだとしても自分の首を絞《し》めるだけだ。

何より、万が一仮病だとばれたら鬼《おに》上司に殺される。

「いや、その上司が原因で仕事に行けないわけなんだけど……」

催眠《さいみん》なのか暗示なのかは知らないが、完全に小さいのの影響を受けている加藤を思い出して、恐《おそ》ろしくなる。押しが強いのも手が早いのも知っていた。以前加藤が食堂で、別部署の同期から女性関係で詰《なじ》られていたときのやりとりは、今でも覚えている。

『お前、取引先の社員に手を出すとか、危ないことやめてくれよなー……。〝加藤さんに宜《よろ》しくお伝えくださぁい〟って、伝言頼《たの》まれた瞬間冷《しゅんかんひ》や汗《あせ》と脂汗《あぶらあせ》が同じ穴から出たわ』

『他部署の取引先まで把握《はあく》できるかよ。面倒《めんどう》を避けて社内の人間には手を出してないんだから、とやかく言われる筋合いはないだろ。それに割り切った付き合いが出来る相手を選んでる』

『嘘吐《うそつ》けぇ……。伝言託《たく》してくるようなうざいのと付き合ってんじゃん。あそこ大口なんだよ、頼むから別れるときは穏便《おんびん》にしてくれよ。お前との関係終了《しゅうりょう》が契約《けいやく》終了になったら俺は泣く』

すぐ傍《そば》のテーブルで食事をしながら聞いたときに、何となく加藤らしいエピソードだと思った。仕事でも遺憾《いかん》なく発揮される行動力は女性関係に於《お》いても有効らしいと知り、その件に関しては少し羨《うらや》むと同時に憧《あこが》れた。その後もこぼされる同期の加藤の女性関係に関する愚痴《ぐち》を聞くともなしに聞きながら、二十年以上生きてきて誰《だれ》とも付き合った事のない自分のような人間と、望めばすぐにでも不特定多数の女性と関係を結べる加藤との違いを悶々《もんもん》と考えた。

「まさかあのとき男として嫉妬《しっと》していた相手に惚《ほ》れられるとか、どういう因果だよ」

ばふっと、低反発の枕《まくら》に顔を埋《うず》める。本来ならとっくに支度《したく》をして出社している筈《はず》だったが、今日はいつものように早朝出勤をする気にはならない。代わりに家でのろのろと新聞を読んだり、部屋の掃除《そうじ》をしていたせいで、会社に着いたのは始業の三十分前だった。

オフィスには既に半分以上の社員が出社している。勿論《もちろん》、そこには加藤の姿もあった。

二人きりでない事に安堵《あんど》したが、デスクの位置が近いので、他の社員がいるとはいえ心が安らがない。始業時間になると、例の女子社員が出社してくる。昨日、早めに出社しろと言ったときですら十分前にならないと来なかった。遅刻《ちこく》ぎりぎりの時間に出社するのはいつもの事なので誰も何も言わないが、彼女が俺と部長の間にある席に座ったときはほっとした。

しかし昨日とは違い、今日の加藤におかしな様子はない。

――もしかして、正気に戻ったか？

普段《ふだん》と変わらない態度を楽天的に考えていると、不意に加藤が俺を見たのでさっと視線を逸《そ》らす。一瞬《いっしゅん》眼が合った事で、何か言われるのではないかと緊張《きんちょう》していたが、特に声を掛《か》けられる事はなかった。当たり前だ。いくらなんでも人がいるオフィスで何か言われるわけがない。

「寺山」

油断していると名前を呼ばれてびくりと肩《かた》が跳《は》ねた。

「は、はい」

慌てて返事をすると立ち上がる前に「メールを送ったから確認《かくにん》しろ」と指示される。

もう一度返事をして、モニタに視線を戻すと画面の端《はし》には着信を示すサインが現れていた。

すぐに内容を確認しようとしたが、メールを開く瞬間《しゅんかん》、もしメールに変な事が書いてあったらどうしようと、マウスを握《にぎ》る手が止まる。

加藤はそんなキャラクターではない。だけど今は例の小さいのに操られているので何をするか分からない。数秒、心構えをしてからメールを開く。内容は普通《ふつう》のビジネスメールで、俺が担当する取引先のメールの転送だった。加藤からは「対応しておくように」と書いてあるだけで、その他には何のメッセージも付いていない。

安心して肩の力が抜《ぬ》けた。こっそりと加藤を見たが、仕事に集中している様子で、俺の事を気にしている素振《そぶ》りは一切《いっさい》無い。もしかしたら既に昨日の事は加藤の中で黒歴史になっているのかもしれない。そう思って、指示された通りにメールの内容を処理する。

しかしその油断が不幸を招いたのか、所用で総務部に寄った帰りにエレベータで、二人きりになってしまった。

——落ち着け、部長は既に冷静になっているんだから、俺が動揺《どうよう》しちゃ駄目《だめ》だ。

二人きりの密室の居心地《いごこち》が悪くて、途中《とちゅう》の階で誰か入ってこないかと期待していたが、扉《とびら》は一向に開く気配がない。せめて、さっさと目的の階に着いてくれと願っていると、順調にカウントしていたはずの液晶《えきしょう》の数字が六で停止する。

「え？」

数秒待ってから、試《ため》しに「開く」ボタンを押してみたが、ドアは全く反応しない。

「これ、停《と》まってますよね？」

パネルの前に立ったまま、振《ふ》り返らずに加藤に尋《たず》ねてみる。

「閉じ込められたな」

返ってきたのは冷静な台詞《せりふ》だった。加藤は、俺の背後から手を伸《の》ばして非常用の連絡《れんらく》ボタンを押す。そのせいで背中が相手の体と密着するはめになり、びくりと体が震《ふる》えた。

しかしこの体勢に文句を言う前に管理会社と通信が繋《つな》がり、簡単なやりとりで加藤が「エレベータが停止した」という事を伝える。

管理会社のスタッフが落ち着いた対応だったので、てっきり遠隔《えんかく》操作か何かですぐに動き出すのかと思っていたら「一時間以内には伺《うかが》えると思います」と言われ、卒倒《そっとう》しそうになる。

少なくとも、一時間は加藤とここで二人きりだと思うと、急に空気が薄《うす》くなった気がした。

加藤はそんな俺を余所《よそ》に、携帯《けいたい》でオフィスにいる社員に事情を伝え、背中を奥の壁《かべ》に預ける。

「おい」

「は、はい」

「怯《おび》えてるのか？」

「違《ちが》います」

ばればれだろうと思いながら、振り返って否定する。しかし思わず目に怯えを浮《う》かべてしまったのが相手の反応から分かり、自己嫌悪《けんお》で死にたくなった。案の定、加藤が呆《あき》れた顔をする。

「そんなに警戒《けいかい》するな」

キスまでした奴《やつ》の言う台詞じゃないが、その件は加藤ではなく例の神様に責任があるので、追及はしなかった。俺自身、無かった事にしたい。初めてのキスの相手が鬼上司なんて、悲劇を通り越《こ》してホラーだ。こんな事なら中学のときに勢いに任せて女子としておけばよかった。

加藤は壁に背中を付けているので、先程《さきほど》非常ボタンを押したときよりも距離《きょり》はあるが、それでもエレベータの中は決して広いとは言えない。

「そういえば、昨日の件はどうなった？」

女子社員の件だと分かり「先方には納得《なっとく》して頂けました」と口にする。

「その件は、彼女の方から報告するようにと指示したんですが……」

「来てないな。もうあの女は信用するな。あいつ自体がインシデントだ」

加藤は決断も見切りも早い。だから普段からこの手の発言が多い。

いつもならフォローするが、子供のためにと代わった残業を終えて帰る途中に、男とホテルから出てくる所を目撃《もくげき》してしまったので、庇《かば》う気持ちはなくなってしまった。

「指導不足で、すみません」

「お前は女に甘いからな。そういう態度は相手を増長させるだけだ」

女性に甘いのは彼女どころか女友達すらいないので、付き合い方が分からないせいだ。そもそも母親との関係すら上手《うま》くいかないのだから、血の繋がりのない女性とは余計に無理だ。合併《がっぺい》して加藤の下に付いたばかりの、まだ二十歳そこそこの頃《ころ》に散々怒《おこ》られた事を体が覚えているので、叱《しか》られると逃《に》げたくなる。開けドア、と心の中で命じてみるが、相変わらず扉は貝のように固く閉《と》ざされたままだ。試しにゴマでやってみても無理だった。

「緊張させたくないんだが、仕事の話だとどうしても萎縮《いしゅく》させるな」

加藤がぽつりとそう漏《も》らしてから、しばらくエレベータの中は沈黙《ちんもく》に満ちていた。

「休日は何をしてるんだ？」

不意に、何の脈絡《みゃくらく》もなく尋ねられる。

「え、えっと……休日ですか？　休日は……買い物とか、あと寝《ね》てます」

仕事を持ち帰る事も多いので、休日は基本的に家にいた。あとは日用品や食料品の買い出し、掃除《そうじ》などで時間が潰《つぶ》れる。年に一つは何かの資格を取得しようと思っているので、試験が迫《せま》ればその勉強に時間を費《つい》やしているが、それ以外はこれといって何もしていない。

「趣味《しゅみ》は？」

「趣味は……特には、ないです」

履歴《りれき》書にはなんて書いたのか思い出せなかった。

読書、と無難な事を記入した気がするが、実際には実用書や専門誌以外殆《ほとん》ど読まない。資格は幾《いく》つか持っているが、マニアというほどでもない。

「好物は？」

「ラーメンが好きですけど……。あの、これ、なんですか？」

尋問《じんもん》されてる気分で、恐《おそ》る恐る問い掛《か》ける。加藤は俺の質問に心外そうな顔で「お前のことを知らないと、仕事以外の話ができねぇだろ」と口にした。

しかし充実《じゅうじつ》していないプライベートがばれるぐらいなら、叱られてもいいから仕事の話がしたい。そもそも今まで二人きりになる機会は何度もあったが、こんな事を訊《き》かれた覚えはなかった。恐らくこれも自称《じしょう》神様の仕業《しわざ》だろうと、赤い痣《あざ》が残る加藤の小指を見て悟《さと》る。

「部長は、今まで女性と付き合ってきたんですよね？　男と付き合った事はないんですよね？」

正気に返って貰《もら》えないかと思い、そう問い掛けると加藤は「ああ」と頷《うなず》く。

「それに今は、法務部の北方さんと付き合ってるんじゃないんですか？　俺なんかとは較《くら》べ物にならないぐらい凄《すご》い魅力《みりょく》的で、しかも女性だし。絶対にあっちの方がいいと思いますけど」

北方さんは加藤と同世代で年齢《ねんれい》は俺よりも上だが、華《はな》やかな容姿はまだ二十代前半と言っても違和《いわ》感《かん》がない。二人が社食や廊下《ろうか》で親しげにしている様子を、何度も目にしていた。

そんな二人に対し、社内の人間は「綺麗《きれい》な薔薇《ばら》には鬼《トゲ》がある」と溜《た》め息混じりに語っている。

しかし悔《くや》しいがその鬼《トゲ》には誰《だれ》も敵《かな》わないのが事実だ。どちらも優秀《ゆうしゅう》で容姿《ようし》端麗《たんれい》。一人でも見《み》栄《ば》えがするのに、揃《そろ》っているとより一層輝《かがや》きを増す彼らの間に入っていける者は社内にいない。

だけど何が悲しくて、好きな女性を苦手な上司にオススメしなければならないのだろう。

「北方にどんな夢を見てるか知らないが、あいつの中身は五十代のオッサンだぞ。行きつけの店は雀荘《ジャンそう》とカジノだしな。酔《よ》うと下ネタしか言わなくなるから、男にすぐふられる」

けれど俺が葛藤《かっとう》しながら北方さんを褒《ほ》めると、その途端《とたん》に加藤は苦い物を口に放り込まれたように眉根《まゆね》を寄せて、本気で嫌《いや》そうな顔をする。

「…………でも、そういうギャップが可愛《かわい》かったり……しませんか？」

「今度飲みに行くときに誘《さそ》ってやるから自分で聞け。酷《ひど》いから一瞬《いっしゅん》で醒《さ》めるぞ」

醒めるのは恋《こい》か酒か、もしくは両方かも知れないが、憧《あこが》れは憧れのままにしておきたい。

「北方が好みなのか？」

「社内の独身の半分は北方さんに惚《ほ》れてると思いますけど」

「お前の話をしてる」

絶対に叶わないと分かっているが、俺も北方さんに憧れていた。姿を目に出来た日を、良い日だと思う程度には。だけど今現在北方さんの一番傍《そば》にいる男の前で認めるのは、男としてのプライドが軋《きし》む。しかし表情で察したらしい加藤に「北方には近づくなよ」と釘《くぎ》を刺《さ》される。

「言われなくても、最初から俺と北方さんじゃ釣《つ》り合いはとれませんから」

「そういう意味じゃねえよ。俺はお前をあいつに取られたくないんだ」

「……」

てっきり牽制《けんせい》だと思っていただけに、反応に困る。元々、俺は加藤には好かれていなかった。

契約《けいやく》上、前の会社の従業員を引き受けただけで、今の会社にとって俺達の存在はある意味不《ふ》良債権《りょうさいけん》に近かった。一部のできる人間を除いて、閑職《かんしょく》か入れ替《か》わりの激しい激務の部署に回され、それとなく自主退職を匂《にお》わされた。お陰《かげ》で、元の会社の人間はもう何人も残っていない。

合併当時俺はまだ二十歳《はたち》前後だったから、大したスキルもなく知っている事よりも知らない事の方が遥かに多かった。だから加藤にとって俺は産業廃棄物《はいきぶつ》並みに役に立たない存在だっただろう。そのせいもあって新人の頃は毎日怒られていた。

『自分で考えて行動できないなら、うちの部署にお前はいらねぇ』

「それに釣り合いが取れないとは思わないしな。俺にはあの女より、お前の方が魅力的に思える。お前の方が可愛い」

あの日俺を拒絶《きょぜつ》した口が、歯が溶《と》けそうな甘い言葉を紡《つむ》ぐ。相手が加藤だと分かっているの

に、赤面してしまったのは「可愛い」なんて成人男性には不似合いな形容詞のせいだ。

「そんな風にじっと見るな。触《さわ》りたくなるだろ」

何か言い返すべきだ、と加藤の顔を見ながら真っ白になった頭で考えていると、加藤がそう言って、壁《かべ》に付けていた背中を浮《う》かせた。慌《あわ》てて後ろに下がり、背中が扉《とびら》にがつりとぶつかる。

加藤はそんな俺を見て「ふうん」と何か納得したような声を出した。

「な、なんですか？」

不安になって尋《たず》ねると「お前、女と付き合ったことないだろ」と、いきなり核心《かくしん》を突《つ》かれる。

加藤の言葉はいつも鉈《なた》を振《ふ》り下ろしたような切り口だ。

「な、は……？　いや、そん……なこと」

ないです、と続けられなかったのはこの人に隠《かく》し事を出来た例《ため》しがないからだ。

「お前は顔も性格も良いのに、押しが足りない。経験が足りないから強く押せない。強く押せないから、経験も積めない。ファシリテーターとしては優秀だが、それじゃ主役にはなれない」

そう言うと加藤は俺と距離《きょり》を詰《つ》めて、「俺が経験させてやる」とうっすら笑う。

「何を、ですか？」

触《ふ》れはしないが、そう望めばすぐに触れてしまいそうな距離にいる男を、過剰《かじょう》に意識してしまう。逃《に》げ場のない俺の耳元に、加藤が唇《くちびる》を近づけてくる。顔を反対側に逸《そ》らすが、それでも限界があった。だけど触れる、と思った唇は耳のすぐ傍で止まる。

「お前が知らないこと、全部」

低い声を耳に直接吹《ふ》き込まれて、産毛《うぶげ》が総毛立つような感覚を覚えたときに、それまで背中を付けていたエレベータのドアが不意に開く。

体重をかけていたので、転びそうになった所で、加藤に手を引かれた。

ぼすんと加藤の体に倒《たお》れ込んだ瞬間《しゅんかん》、爽《さわ》やかだがどこかスパイシーな香《かお》りが鼻先を掠《かす》める。

いつもかすかにしか匂わないその香りをより強く感じて、慌てて体勢を立て直して離《はな》れた。

しかし焦《あせ》っているのは俺だけで、加藤は平然とした顔でドアの前に立っていた管理会社の制服を着たスタッフを、「お疲《つか》れさまです。早かったですね」と労《ねぎら》う。

いつカゴが下降したのか全く分からなかったが、周囲を見回して自分が一階のエレベータホールに立っている事に気付いた。

「ご迷惑《めいわく》お掛けして申し訳ありません。一応総点検致《いた》しますが、他《ほか》の機は問題なく動いているようですので、そちらをご利用下さい」

スタッフに促《うなが》され、加藤が何か言う前に「俺、昼飯行って来ます」と口にした。財布《さいふ》は持ってきていないが、上に戻《もど》るためにもう一度密室で二人きりになる勇気はない。

男同士なんて気味が悪いはずなのにどきどきしている自分を自覚して、もしかしたらおかしくなっているのは加藤だけではないかもしれないと怖《こわ》くなる。

あからさまに拒絶するような態度を不快に思っただろうかと、そろりと加藤を窺《うかが》う。

しかし加藤は相変わらず余裕《よゆう》の表情で、挑発《ちょうはつ》的に笑っていた。

◆◆◆

「おい、お前ソレやめろ」

過去の資料を確認《かくにん》しようと、資料室に入ったところで加藤と鉢合《はちあ》わせして、そのまま部屋を出ようとしたところで、声をかけられた。というよりも不機嫌《ふきげん》な顔で睨《にら》み付けられた。

「それって、何でしょうか」

「逃げ回るのやめろ。びくびくしてんじゃねえ」

いや、全部部長のせいだろ、と喉元《のどもと》まで出掛《でか》かった言葉を飲み込む。

何せエレベータであんな宣言をされた後だから、二人きりになるのが怖かった。だからこのところ、加藤の言うとおり逃げ回っていた。

「警戒《けいかい》しなくても二度と無理矢理触れる気はねぇから安心しろ。合意がない内は、何もしねぇから逃げるな。それとも俺はそんなに信用ならないか？」

「う……すみません」

なんでやられた側の俺が謝ってるんだ、と思いながらも「頭ではちゃんと分かってるんですが」と口にすると「それならいい。早く慣れろ。じゃないとろくに口説けない」と言った。

「部長が、口説くのをやめてくれたら話は早いんですけど」

思わず本音を告げると「悪いがそれは無理だな」と笑って「急ぎの仕事か？」と聞いてくる。

「今日中ですけど、急ぎではないです」

「じゃあ、タイの工場の資料を探すのを手伝え」

指示に従ってキャビネットを漁《あさ》る。資料は殆《ほとん》ど電子化されているが、一部はまだ紙で保管していた。

「タイの工場って、部長が来週視察に行く所ですか？」

「ああ。有るべき所にファイルがなかったから、端《はし》から探してる。お前は反対側から探せ」

そう言われて、一番離れたキャビネットを開ける。距離が出来た事にほっとしたが、部屋の中に満ちる沈黙《ちんもく》が、やけに重く感じられた。

「もっと安く引き受けてくれる所があるのに、どうしてこの工場を使い続けてるんですか？」

二人きりで黙《だま》っているとプライベートな事を訊《き》かれかねないので、以前から気になっていた事を手を動かしながら問い掛けると、ラックの中を探《さぐ》りながら加藤が「災害時にいち早く復旧した工場だからな」と答えてくれる。

「ああ、ＲＩＰが守れたってことですね」

「rest in peace《RIP》じゃ、安らかに眠《ねむ》らせる事になるだろ。目標復旧時間《RTO》だ。Ｒしか合ってねぇよ」

「外来語アレルギーなんです」

前の会社では特に不便を感じていなかった。大体「今回のブレストのアジェンダは新規プロジェクトのアサインに関するデューデリジェンスです」なんて言ってる連中の方に問題がある。それが「今回の話し合いの目的は新しい計画の各担当者を決めるための事前調査です」という意味であると理解するために、数秒余計に頭を使っている。

対応する日本語があるのに、何故《なぜ》わざわざカタカナ語を使うのか理解できない。そこまでカタカナにするならいっそ全部英語にしてしまえばいい。尤《もっと》も、俺は日本語しか分からないけど。

「そういえばペンディングとペッティングも間違《まちが》えてたな」

「……六年前の話はやめませんか？」

会議で「この件はペンディング」と先輩《せんぱい》が言ったのを、議事録を作っていた俺が「ペッティングですか？」と聞き返して爆笑《ばくしょう》された事をまだ覚えているらしい。

あまり笑わない加藤が声を出して笑っていたときの光景が脳裏《のうり》に蘇《よみがえ》ると、死にたくなる。

「あの件でお前はうちの連中と打ち解けたんだったな。最初は敵愾心《てきがいしん》と不信感を隠そうともしねぇから、一回どこかでガツンといかなきゃならないと思ってたが」

一回どころか、何回もガツガツやられた気がする。もしかしてあれは無意識だったのか。

だけど当時の俺の態度が悪かったのは事実だ。前の会社が今の会社に吸収されたとき、大規模なリストラが敢行《かんこう》された。加藤の下に配属されたのは、俺を辞《や》めさせる為《ため》だったのではないかと当時は疑っていた。いや、人事部はわりと本気でそのつもりだったのかも知れない。

少しでも付け入る隙《すき》を与《あた》えたら、それを理由に解雇《かいこ》されるのではと怯《おび》え、頑《かたく》なになっていた。

「部長や同僚《どうりょう》に、無能だと思われたくなくて気が張ってたんです」

「無能扱いしていたわけじゃないが、厄介《やっかい》だとは思ってた。あの頃《ころ》のお前はクソ生意気なガキだったしな。敬語の使い方もなってねぇ、PC《パソコン》もろくに使えねぇ部下は初めてだったからな」

吸収前の会社は色々な意味で放任主義で甘かった。敬語は自己流で、PCは決まった作業にしか使わなかった。今の会社は出退勤から業務連絡《れんらく》、スケジュール管理、施設《しせつ》予約まで全部PCを利用するし、給料明細を含《ふく》めて書類関係の多くが電子化されている。当初はそういったシステムに慣れずに、重要な書類をよくネットワークの中にあるブラックホールに落としていた。

『会社以外で使わないいから覚えないんだろ。ゲームでも良いから、家で一時間以上は使え』

そんな台詞《せりふ》と共に加藤から真新しいノートPCを渡《わた》されたのは、度重《たび》なる失敗の後だった。

当初、それは会社の備品だと思っていた。だけど操作に慣れて返すときに「それはお前にやる。だから代金分は役に立て」と言われ、加藤の私物だと知った。

『うちの部は発足したばかりで満足な予算がない。お前だけ特別扱《あつか》いはできないが、だからって他の奴等《やつら》にも社用と自宅用に二台ずつ与えられないしな。俺の金なら誰《だれ》にも文句言われない』

加藤はそんな風に自腹を切った理由を説明した。代金を払《はら》うと言ったが、受け取って貰《もら》えなかった。人一倍厳しくされたが、それでも人一倍目を掛けて貰ったとは思っている。

だから加藤が不出来な俺を嫌《きら》っても、俺は加藤を嫌う事はできなかった。苦手ではあるが。

「注意して睨《しか》まれたのも初めてだったな。あれは新鮮《しんせん》だった」

ぐだぐだ叱られるわけじゃなく、とびきりレバリッジが効いた台詞を一つ二つ言われて、毎日きっちり凹《へこ》んだ。言葉で反抗《はんこう》することも出来ず、かといって昇華《しょうか》しきれず、つい睨んでしまったとき、加藤は面白《おもしろ》そうに唇《くちびる》を歪《ゆが》めて「負けん気は仕事で活《い》かせ」とだけ言った。

てっきり「なんだその目は」と怒《おこ》られると思っていたから、拍子抜《ひょうしぬ》けしたのを覚えている。

「その件は申し訳なかったと思ってます」

今思い出すと、なんて命知らずだったんだろうと怖《こわ》くなる。

「弟が小学生だったんだよな、確か。それで残業が出来ないって言ってたな」

立ち上げたばかりの部署でやるべき事はたくさんあった。加藤は精力的に仕事をしていたから、その分俺に振《ふ》られる仕事も多かったが、当時祖母と母親には夜勤があり、小学生の弟達を家に置いておくのが心配で、残業は一日一時間も出来ないと頭を下げた。家庭の事情を話したらクビを切られるんじゃないかと思ったが、加藤は俺の境遇を考慮してくれた。

『だったら、残業が出ないように仕事をしろ。どうしても仕事が終わらないなら、早朝に来てやれ。俺はお前が捌《さば》けない量の仕事は回してない』

朝は母親がいたから、朝早く出勤することは可能だった。翌日から、早朝に出るようになった。しかし仕事の仕方が分からず作業中に手が止まる事が多く、余り捗《はかど》らなかった。

そんな俺の状況《じょうきょう》に察しがついたのか、次の日からは加藤も早く出社するようになった。申し訳なくて謝った俺に「お前のためじゃない。この方が夜に時間が作れる」と平然と返してきたけれど、加藤が夜も残業していた事は当時から知っていた。

加藤は仕事にはシビアで結果の出せない人間には容赦《ようしゃ》がない。その反面口は悪いがサポートはしてくれるし、下に責任を擦《なす》り付けたり部下を一人で矢面に立たせる事はしない。だから鬼《おに》だと恐《おそ》れられても、やる気のある社員は加藤の下に付きたがるし、社外からも信頼《しんらい》されている。

「今は生意気な高校生になりました」

「お前が生意気だと思うんじゃ、相当だろうな」

「俺、部長に反抗した事はあまりないと思いますが」

「口ではな。お前の目は雄弁《ゆうべん》だから、耳で聞かなくても〝不服だ〟って声はよく聞こえる」

「すみません」

「負けん気があるのは嫌いじゃない。俺も、好きな相手を怯えさせる趣味《しゅみ》はねぇしな」

加藤は、そう言った後で目当ての資料を自力で探し当てた。

「悪かったな」

中身を確認してから、そう言うと資料室を出ていく。

その言葉が、資料探しを手伝わせた事に対してなのか、それとも告白した事に対してなのかは分からない。だけど資料室に一人きりでいると、罪悪感が押し寄せて来た。

今回の件は加藤は悪くない。悪いのは全部例の自称《じしょう》神様で、加藤はそれに操《あやつ》られているだけだ。だから加藤に謝られるのは違《ちが》う。実際俺も露骨《ろこつ》に避《さ》けすぎた。

「信用しろって言われたんだから、信用すべきだよな」

小指の痣《あざ》を見ながら口にする。

そのときふと、加藤がタイに出張に行ったら小指はどうなるんだろうと思った。

考えれば考えるほど恐ろしくなり、結局その日は仕事が終わると同時に、例の祠《ほこら》に急いだ。

「訊《き》きたい事があるんですけど」

相変わらず気配があるのに扉《とびら》は開かない祠の前で、例の自称神様に声を掛《か》ける。

予想していたが反応は全くない。溜《た》め息を吐《つ》いて視線を落としたとき賽銭《さいせん》箱が目に入る。もしかしたらと、小銭《こぜに》を取り出してそこに落とした。すると、渋々《しぶしぶ》という様子で扉が開く。

例の小さい神様は「こんな時間にアポ無し訪問は非常識じゃないですか？」と、鬱陶《うっとう》しそうな顔を隙間《すきま》から覗《のぞ》かせた。確かに人の家を訪《おとず》れる時間じゃないが、そもそも人でも家でもない。

それに今困らされている元凶《げんきょう》に対して、遠慮《えんりょ》する程《ほど》お人好《ひとよ》しでもなかった。

「家に帰るだけでも小指が痛いんですけど。もし海外の距離《きょり》になったら、どうなるんですか？」

「直線距離で三百㎞越《こ》えたら切断されるでしょうね」

ピアノ線より厄介な物を結んでおきながら、他人事《ひとごと》のような口調に腹が立って拳《こぶし》を握《にぎ》る。

「今すぐ外せ！」

「その話は前にもしたでしょう？　小指ぐらいでガタガタ騒《さわ》がないで欲しいですね。昔の遊女は本気を誓《ちか》うために小指を切って、間夫に送ってたんですよ？　現代っ子は本当に風声鶴唳《かくれいなん》軟弱千万《じゃくせんばん》。指なんて二十本もあるんだから、一本無くなっても支障は無い筈《はず》です」

「アウストラロピテクスの頃から退化せずに残ってるんだから、必要なんだよ！　全部！」

思わず怒鳴《どな》りつけると、小さいのは「質問には答えたんですから帰ってください。そろそろアイドルカウントダウンの時間なので」と口にして、祠の扉をパタンと閉めた。

深夜のテレビ番組の名前を出したということは、テレビが見られる環境《かんきょう》にあるのだろう。一見小さな祠の中にどんな世界が広がっているのか想像したときに、小指がきりりと痛む。

どうにか切断を回避《かいひ》する方法を知りたくてもう一度小銭を入れて声をかけたが、数百円分小銭を投じても、出てくる気配は無い。

思わず、前回と同様に悪態を吐きかけてやめる。下駄《げた》が飛んでくる事を懸念《けねん》したからではなく、これ以上機嫌《きげん》を悪くして事態が悪化するのを防ぐためだった。

しかしそんな必要はなかったのかもしれない。何せ、事態はもう充分《じゅうぶん》最悪だったからだ。

◆◆◆

初めての海外旅行は会社の研修旅行で行ったイギリスだ。半分観光、半分仕事だった。観光地を巡《めぐ》り、支社にも顔を出した。英語が話せない不安よりも物珍《ものめずら》しさが勝《まさ》り、今度は仕事ではなくプライベートで海外に行こうと、ガイドブックを見ながらわくわくしていた。

しかしバンコクのスワンナブーム国際空港に降り立った今の気持ちは、オノマトペで表せばわくわくではなく、びくびくに近い。尤《もっと》もそれは外国にいるからではなく、加藤と一緒《いっしょ》だという事に対してだが。

「迷子になるなよ」

入国審査《しんさ》が長蛇《ちょうだ》の列で時間がかかり、既《すで》に時刻は夜の十一時を過ぎていた。加藤は慣れた様子で空港を出ると、コンパクトなスーツケースを転がして、並んでいるタクシーに向かっていく。その後ろを慌《あわ》てて追い掛けながら、痛みのない小指に視線を移す。

結局、小指を失う事と、加藤と三日間行動を共にする事を天秤《てんびん》にかけて、後者を取った。俺の気持ちを勘違《かんちが》いされて余計に口説かれるかもしれないと思ったが、行きの飛行機では加藤は睡眠《すいみん》を取っていたし、今現在も頭の中には仕事しか無いように見える。

乗り込んだタクシーが走り出してすぐに、運転手に朝の渋滞《じゅうたい》状況《じょうきょう》を尋《たず》ねる加藤の横顔から視線を逸《そ》らして、雑多な街並みを眺《なが》めた。

――二泊《はく》三日の出張の間、このまま何もないといいけど。

出張への同行を願い出たのは、先週電子錠《でんしじょう》が故障してオフィスに閉じ込められたときだった。『珍《めずら》しいな、お前が自分からそういうのを希望するのは。構わねぇが、不在時に問題が発生しないように他《ほか》の奴等《やつら》に指示しておけよ』

申し出はあっさりと受け入れられた。本当は先輩《せんぱい》も来る予定だったが、俺が同行すると知ると「それなら俺の分も部長のサポートを頼《たの》む。実は子供が入院中で、手術を控《ひか》えてるんだ」と、出張を断ってしまった。そんな偶然《ぐうぜん》というには不自然すぎるファクターが重なり、こうして二人きりで異国の地でタクシーに乗っている。

加藤は運転手との会話を切り上げると、携帯《けいたい》を弄《いじ》りだした。恐《おそ》らく、部下からの報告を確認《かくにん》しているのだろう。俺も倣《なら》うようにメールをチェックしたが、重要な物は来ていなかった。

「寺山」

携帯を仕舞《しま》ったタイミングで急に話しかけられてびくりとすると、手を取られる。合意がなければ触《ふ》れる気はないと言ったじゃないか、と焦《あせ》っていると顔の高さまで手を持ち上げられる。暗い車内で加藤は検分するような目で俺の手を見ていた。

「な、何ですか？」

「小指、どうかしたのか？」

指の付け根に視線が向けられているのが分かり、焦る。誰《だれ》にも指摘《してき》されなかったのでもしかしたら俺にしか見えないのかと思っていたが、加藤の目にも痕《あと》は見えているらしい。

「え、あ、いえ……これは、なんでもないです」

できるだけさりげない動作で、加藤の手から自分の手を抜《ぬ》く。

「そういえば……部長の小指にも、痕、ありますよね？」

そちらは見えているのだろうか、加藤も痛みを感じるのだろうかと疑問に思って試《ため》しに訊《たず》ねる。近くにいるからそれほど濃《こ》い色ではないが、やはり鬱血《うっけつ》したような赤い痕が出来ていた。

「ああ、傷つけた覚えはないけどな。時々痛むが、お前のもそうか？」

とくに自分の小指には関心無さそうな素振《そぶ》りで加藤はそう言って、もう一度俺の手に視線を向けたので、再び掴《つか》まれないうちに持っていた鞄《かばん》の下に入れる。

そんな俺を見て、加藤がくすりと笑う。

「お前、本当に慣れてないんだな」

「……部長と一緒にしないでください。俺はひたすら清く生きてきたんですよ」

そう望んだわけじゃないが、結果的にそうなってしまった。悪かったな、童貞《どうてい》で。

「まだ手しか触《さわ》ってないだろ」

この程度の接触《せっしょく》は、加藤の中ではカウントに入らないのかもしれない。しかし俺にとってみれば、自分に好意を持っている相手からの接触を、意識するなという方が無理だ。

飛行機の中では隣《となり》に座る男の事を極力考えないようにしていたが、それでも紫色《むらさきいろ》の可愛《かわい》い制服を着たアテンダントよりもずっと、加藤の存在が気になっていた。神様に惑《まど》わされていない俺の方が、惑わされている加藤よりも相手を意識してしまうのは、偏《ひとえ》に経験値の差だろう。

「まだって、なんですか。そもそも一回キスしてるじゃないですか」

「一回しかしてないだろ。合意を得なかったのは悪いと思ってるけどな。自分でも、なんでいきなりお前にあんな事をしたのか、よく分からない」

最後は少し不思議そうに呟《つぶや》かれて、頭の中に例の小さいのの顔が浮《う》かぶ。

確かにあのとき部長の行動は異常だったが、思考は正常そうだった。自分の口から吐《は》き出される甘い言葉に戸惑《とまど》っているようだった。当時は言語中枢《ちゅうすう》と運動中枢のみ自称《じしょう》神様の影響《えいきょう》下にあったようだが、現在は精神もしっかり洗脳されている。そんな相手と、三日間行動を共にすると思うと、小指以上に大切な男としての何かを失いそうで怖《こわ》い。

「とにかく、俺は部長の気持ちには応《こた》えられませんから。手も、なしです」

毅然《きぜん》とした態度で宣言しながらも、内心はびくついていた。加藤相手にこんな態度を取った事がない。それきり黙《だま》った加藤に怒《おこ》られないだろうかと緊張《きんちょう》していたから、ホテルの前でタクシーが停《と》まったときはほっとした。加藤が料金を払《はら》う間、トランクからスーツケースを取り出そうとすると、すぐにホテルマンが近づいてきて、手伝ってくれる。

一足先に中に入り、フロントでシングル二部屋分のバウチャーを出す。すぐにルームキーが渡《わた》された。これで漸《ようや》く加藤と離《はな》れられると思うと、精神的重圧から解放された気分になる。

「明日は現地の方がホテルまで車で来て下さるんですよね?」

翌日の朝食についての説明を受けた後、部屋に向かう途中《とちゅう》で問い掛《か》けると、加藤は「ああ。地方の工場を回るから、朝七時にはロビーに来い。朝食はそれまでに済ませておけ」と、特にタクシーの中での事は気に留めていない様子で答える。

当然ながら、俺と加藤の部屋は隣同士《となりどうし》だ。加藤が自分の部屋の前で足を止めると「明日は遅《おく》れるなよ」と口にして、ドアの向こうに消えた。素《そ》っ気なく閉まったドアに、拍子抜《ひょうしぬ》けする。一緒のホテルに泊《と》まることをかなり警戒《けいかい》していたが、どうやら杞憂《きゆう》だったみたいだ。

「もしかしてこれが駆《か》け引きなのか？」

確かに押された後に引かれると、気になるな、と思いながら部屋に入ってバスルームに向かう。

バスタブに湯を溜《た》める間、祖母に無事に着いたと連絡《れんらく》を入れて、留守を任せている後輩《こうはい》に電話を掛ける。特に問題ないという報告に安心して、携帯を充電《じゅうでん》器に差し込んだ。

夕食は機内食で済ませていたし、慣れない飛行機と加藤と一緒《いっしょ》にいる緊張で疲《つか》れ切っていたので、風呂《ふろ》の後はスーツケースも開けずに眠《ねむ》ってしまった。

翌日の朝は早かった。タイ支社の人間に迎《むか》えられて、高速を飛ばして地方まで向かう。長閑《のどか》な田園風景の中に、巨大《きょだい》な工場は居を構えていた。まずは工場長に挨拶《あいさつ》をし、施設《しせつ》内を見学する。今回の視察は部長が推進しているプロジェクトに関《かか》わるものだった。

本格的に始動するのは随分《ずいぶん》先だが、部署を立ち上げたときから部長が熱望していた案件なので、既に準備段階に入っている。幾《いく》つか工場を回り、気付いたときは夜遅《おそ》い時間になっていた。最後に見学した所の工場長と一緒に夕食をとって、そこから近い場所にあるホテルまで向かう途中で、運転席に座る支社員から「寺山さんは、加藤部長の右腕《みぎうで》なんですか？」と訊《き》かれた。

「は、え？」

「今回は、一番有能な部下を連れて行くって聞いてたんで」

「いえ、本来同行予定だったのは俺ではなくて別の先輩《せんぱい》だったんです」

同行予定の先輩は確かに加藤の右腕と言っても過言ではない。愛妻家過ぎてたまに鬱陶《うっとう》しいが、それを除けば優秀《ゆうしゅう》で穏《おだ》やかで良い先輩だ。だから何の疑問もなくそう返したが、助手席で携帯を弄っていた加藤は「いや、寺山の事だ。お前で合ってる」と口にする。

「押しが弱いのと女に甘すぎるのが難点だけどな」

そう言うと支社の人間と仕事の話を始める。優秀だ、と認められたのは純粋《じゅんすい》に嬉《うれ》しかった。緩《ゆる》くなった口元を見られないよう、バックミラーに映らないよう、後部座席で少し俯《うつむ》く。加藤から褒《ほ》められるのなんて初めてだと喜んだが、すぐにこれも例の自称神様の影響かもしれないと気付いて、浮かれた気分が急速に萎《しぼ》む。

車はしばらく走ったところで、漸く田園風景から抜け出した。

昨日とは違《ちが》うホテルに泊まる予定だが、景色を見る限り余り賑《にぎ》やかな街ではなさそうだ。

「もうすぐホテルですけど、マッサージでも行きますか?」

仕事の話が一段落着いて、支社の人間にそう尋《たず》ねられる。昨日は慣れない飛行機移動、今朝は朝から工場見学と、打ち合わせに同行した。工場の中は広いので、歩き回って足は疲れている。マッサージは魅力《みりょく》的な誘《さそ》いに思えた。

「部長、どうです?」

「明日も朝早いし、興味ないな。それに、お前新婚《しんこん》だろ?」

「妊娠《にんしん》中で相手して貰《もら》えないんですよ。体が辛《つら》いみたいで。部長は興味なくても、寺山さんは？」

加藤が行かないのに俺だけ行きたいとは言えない。そう思って断ると、年嵩《としかさ》の支社員は「なんだぁ、良い店見付けておいたのに」と残念そうに呟く。

「奥様がお疲れなら、ご一緒に行かれたらどうですか？」

最近はカップルでマッサージをして貰えるプランがあると聞いた事があったので、そう提案すると、ぶっとハンドルを握《にぎ》ったまま支社員が噴《ふ》き出す。

その後もしばらくくつくつ笑っているので、おかしな事を言ったかと首を傾《かし》げると、加藤に「健全なマッサージだと思ったのか？」とからかうように訊かれた。

「え？　あ、そうか……」

自分が普段《ふだん》全くそういうサービスを利用しないので頭に無かったが、確かに同僚《どうりょう》達はよくキャバクラやヘルスに行っている。

「すみません。それは、胎教《たいきょう》に悪いですね」

慌《あわ》てて、繕《つくろ》うと再び支社員が噴き出す。

「ぶはっ……、寺山さん、一見すると取っ付きにくそうなのに面白いなぁ」

加藤と支社員の二人に笑われて、自分が酷《ひど》く世間知らずな事を言ってしまった気がした。

女性経験がないって事が、これで支社員にもばれたんじゃないかと赤い顔のまま、再び俯く。

そのまま話しかけられないのを良いことに、ホテルに着くまで黙っていた。

車を降りてから支社員と共にホテルに入る。スタッフと支社員が流暢《りゅうちょう》なタイ語で話すのを眺めていると、支社員が「今日は混《こ》んでいるそうで、部屋の清掃《せいそう》がまだ終わってないから数分待って欲しいみたいです」と言った。

「分かった。遅くまで付き合って貰って助かった」

加藤が労《ねぎら》う横で、俺も頭を下げて礼を口にする。見送った後で、フロントの前に置かれた簡素な長椅子《ながいす》に腰《こし》を掛けると、加藤が隣に座った。

「あの……部長ってマッサージとか嫌《きら》いなんですか？」

支社員が誘ったときにすぐに断ったのを思い出して尋ねる。少しでも女性にいやらしい気持ちを抱《いだ》いてくれているようなら突破口《とっぱこう》が見えるのに、という打算があった。

「嫌いなわけじゃないが、興味はないな。利用したこともないしな」

「……不自由しなそうですもんね」

見た目も良いし、収入もいい。肩書《かたが》きもある。その上、押しも強い。狙《ねら》った女性は必ず手中に収めるというのを、北方さんから聞いたことがある。

「それに俺が今興味があるのはお前だけだしな」

あっさりと口にされる台詞《せりふ》は、口説くのが目的だと言うより、本心に聞こえる。

だからやけに心に響《ひび》いた。

「わざわざ蒸《む》し返すって事は、行きたかったのか？」

「俺は、その、お金でそういうのするのは、好きじゃないというか」

金銭で性欲《せいよく》を解消する行為《こうい》には魅力を感じない。相手が美人であっても、初対面の女性とそういう事はできないし、きっとできるような状態にはならないいんじゃないかと思う。

自分でも、思春期の子供みたいな潔癖《けっぺき》さだとは思うが、正直踏《ふ》み出す気にはなれない。

「そうか。まぁ、興味持ってても俺の前では行かせる気はないけどな」

返しに困っていると、漸くスタッフが戻《もど》ってきて片言の英語で「案内します」と口にした。

幸いなのか不幸なのか、ホテルにはエレベータがない。これで異国の地で閉じ込められる心配はしなくてもいいが、代わりにスーツケースを持って階段を上がるはめになる。

まず加藤の部屋の鍵《かぎ》をスタッフが開ける。外で待っていたが、手招きされて中に入った。スタッフは俺達にエアコンと風呂の使い方について説明をする。それが終わると、俺に鍵を渡《わた》してフロントに戻っていった。俺を招き入れたのは二回同じ事を言うのが面倒《めんどう》だったかららしい。

「じゃあ、お疲れさまでした。明日は、朝九時でいいんですよね？」

何度も確認《かくにん》した事をもう一度確認する。加藤はネクタイを取りながら「ああ」と頷《うなず》く。

いくら信用しているとはいえ、二人きりでいるのは避《さ》けたくて、早々に隣《となり》の部屋に向かう。

しかし中に入ると、そこには既《すで》に先客がいた。

「は？」

部屋にいたのはカラフルなTシャツを着た日焼けした若い男だった。

ひょろりとした長身でテレビを抱《かか》えて、驚《おどろ》いた顔で俺を見つめている。

「すみません」

思わず日本語で謝ってから、ドアを閉める。

部屋を間違《まちが》えたと思ったが、よくよく考えてみれば鍵は一部屋ずつ違うのだから、間違っていたら開くわけがない。それに部屋に付いている番号と、鍵に付いている番号は同じだ。

「あれ？」

もう一度ドアを開けると、先程《さきほど》の男がテレビを抱えて窓から出て行く所だった。

泥棒《どろぼう》だ、と漸く事態を正確に理解する。

「ちょ、ちょっと、おい！」

入ってきた風でカーテンがはためく。それを掻《か》き分けて窓の外を覗《のぞ》き込む。

部屋は三階だったが、器用に庇《ひさし》や手摺《てす》りを利用して下に降りていく男が見えた。

呼びかけても、犯人は振《ふ》り返りもしない。俺より若いそいつは、随分《ずいぶん》手慣れた様子で細い路地を消えていく。その背中を目で追っているとチクリと指先に痛みが走る。

見下ろすと、窓枠《まどわく》の所に硝子《ガラス》が散っていた。相手は窓を割って、鍵を開けて侵入《しんにゅう》したらしい。

「マジかよ」

タイ語どころか英語もろくに出来ないのに、ホテルのスタッフにどうやって事情を説明したら良いんだ、とぐるぐる考えているとドアがノックされる。

異変に気付いたホテルのスタッフかもしれない。

そう思って慌ててドアを開けると、そこに立っていたのは加藤だった。

「どうかしたのか？」

「ぶ、部長、あの、テレビを、泥棒が、窓から」

焦《あせ》って文章がめちゃくちゃだが、割れた窓や揺《ゆ》れるカーテンを見て事情を察してくれた。

「分かった。スーツケースを持って俺の部屋に来い。フロントにはそっちから説明する」

少しも慌てていない上司の指示で、先程出てきたばかりの加藤の部屋に戻る。

俺がぼうっとしている間に、加藤は電話で先程部屋に案内してきたスタッフを呼び、事情を説明する。しばらくは俺にも分かるような簡単な英語で会話していたが、途中《とちゅう》から英語が堪能《たんのう》な女性スタッフが加わってからは、加藤は俺には聞き取れない流暢なスピードで話し始めた。

会話が終わって、スタッフが出て行くのを待ち、「どうなりましたか？」と尋《たず》ねる。

「何かあったら困るから、お前は俺の部屋で寝《ね》ろ」

「え、でも他《ほか》の部屋とか、空いてなかったんですか？」

「今日は満室だそうだ」

「でも」

「何もしないから言うことを聞け」

そこを不安に思っていたわけじゃないが、そう言われて一緒《いっしょ》の部屋に寝るのだと気付く。

しかし部屋は狭《せま》い。タイは日本より物価が安いので、昨日のホテルは国内で泊《と》まるランクよりも上の部屋が用意されていた。しかしこの辺りは田舎《いなか》なので、あまりグレードの高いホテルはないと現地のスタッフから聞かされ、その中でもマシなこのホテルに部屋を取った。

それでも室内には簡素なベッドと小さな机と椅子《いす》、テレビが部屋の隅《すみ》に置いてあるだけだ。ベッド以外に大人二人が休めるスペースはない。

「俺、元の部屋に戻りますよ。窓は板か何かで塞《ふさ》げばいいし」

「さっきの奴《やつ》が戻ってきたらどうするんだ？　スーツケースを盗《ぬす》まれて危害を加えられても困るだろう？」

冷静な指摘《してき》だった。確かに、そうだ。いつまた泥棒が入るか分からない窓の開いた部屋では、安眠《あんみん》はできないだろう。けれど恐《おそ》らく、安眠できないのはこの部屋も一緒だ。

「ベッドはお前が使って良い。俺は明日、飛行機の中で寝る」

「でも」

「でもじゃない。選択肢《せんたくし》はないんだから黙《だま》って従え。手は出さねぇって言ってんだから、風呂《ふろ》に入ってさっさと寝ろ」

でも、とまた言いかけたが加藤が面倒臭《めんどうくさ》そうな顔をしたので、反論を諦《あきら》める。

「俺はできない約束はしない。知ってるだろ？　手を出さないと言った以上はそれを守る」

信用できないわけじゃないし、有言実行なのは知っている。成功率が低いような仕事でも、加藤は「できる」と言ったら、必ずその言葉通りに成功させてきた。苦手だが、その部分は尊敬している。

「分かりました。信用します」

「ああ」

「本当に、本当に信用しますからね」

「ああ」

「裏切らないでくださいね」

「寺山」

加藤がジャケットを脱《ぬ》ぐ。それがテーブルの上に置かれた音に、びくりと肩《かた》が跳《は》ねた。

「なんですか？」

「俺の理性を童貞《どうてい》のお前と一緒にするな」

相変わらず、加藤の言葉は斧《おの》のように無骨で鋭《するど》く、遠慮《えんりょ》無く俺のプライドを打ち砕《くだ》く。

「っ」

思わず言い返してやろうとかっと顔に血が上ったが、現在進行形で童貞である以上何を言っても負け犬の遠吠《とおぼ》えな気がして、黙ってスーツケースごとバスルームに引き籠《こ》もる。

ロックを解除してスーツケースを開けて着替《きが》えを取り出し、シャワールームに入った。

昨日と違《ちが》ってバスタブが置かれていない。四角いブースで体を洗ってから、持参したカットソーとスウェットに着替える。出るときは躊躇《ためら》ったが、あまりびくついてまた童貞云々《うんぬん》と言われたくなかったので、できるだけ平常心を装ってスーツケースごと外に出る。

加藤は窓際《まどぎわ》のデスクでノートPCを開いて仕事をしていた。

幾《いく》ら何でも上司を差し置いて寝るわけにもいかず、俺もベッドに座って端末《たんまつ》を使って仕事をしていたが、すぐに眠気《ねむけ》が足下《あしもと》から這《は》い上がってくる。眠《ねむ》くて目を擦《こす》ると同時に、欠伸《あくび》が出た。

「眠っていいぞ。俺の仕事も急ぎってわけじゃないからな」

「部長は、一晩中そこで仕事をするつもりなんですか？」

俺の質問に「ああ」と低い同意が返ってくる。一日中視察して、加藤だって疲《つか》れている筈《はず》だ。見掛《みか》け通り硬《かた》いベッドは一人用で狭い。だけどくっついて眠れば二人で寝るのはそれほど難しい事ではない気がした。

「あの、本当に俺に手を出すつもりはないんですよね?」

加藤は面倒臭そうな目を俺に向ける。

「だったら、半分ずつ使いませんか?」

それは俺にとっても賭《か》けだったが、加藤を信頼《しんらい》しているという証明でもあった。というよりも資料室で『悪かった』と言われたときから抱《かか》えていた罪悪感を、信頼しているとアピールすることで払拭《ふっしょく》したかったのかもしれない。

だから喜んでくれると思ったが、地を這うような声で「馬鹿《ばか》か」と言われる。

「童貞の俺とは違うところ、見せてください」

それでもめげずにそう口にすると、呆《あき》れたような視線が向けられた。

挑発《ちょうはつ》するような台詞《せりふ》を言ったのはまずかっただろうかと、ノートPCを閉じて立ち上がる加藤を見て少し後悔《こうかい》したら、「お前、覚えてろよ」と想《おも》い人に向けるにしては物騒《ぶっそう》な台詞を残して、加藤はバスルームに消えた。

パタンとドアが閉まった音を聞いてから、ぱちんと壁《かべ》の電気を消す。わりと限界だったのか、部屋が暗くなると同時に眠気も強くなり、加藤を待てずにもぞもぞとベッドに横になる。一応壁際《かべぎわ》に寄って、加藤のスペースを確保する。

タイは冬でもわりと暖かく、また空調が効いているので薄手《うすで》のタオルケットで充分《じゅうぶん》だった。もぞもぞとくるまってから、タオルケットだけでも自分の部屋から持ってくるべきだったと気付いた。そんな事を考えていると、瞼《まぶた》が段々重くなってくる。

「寺山」

不意に名前を呼ばれて、薄《うす》く目を開けるとギシリとベッドが軋《きし》んで加藤が近づいてくる。

「手は出さねぇけど、狭いから触《さわ》るのは許せよ」

許せというわりに、許可を求めるような言い方じゃない。相変わらずだと思いながら、鉛《なまり》のような瞼を降ろしたとき、首の下に腕《うで》が回される。

「え……」

少し体が浮《う》かされた後、これが所謂《いわゆる》、腕枕《うでまくら》だと気付いた。抱《だ》き込むように引きよせられて、

「部長、これ」と抗議《こうぎ》の声を上げると腰《こし》の上にもう片方の腕が乗る。

狭いから仕方なく触《ふ》れてしまうというより、がっつり腕を回されて戸惑《とまど》った。頭を抱え込まれ、先程《さきほど》まで感じていた眠気がすうっと引く。幾ら疲れていても、こんな状況《じょうきょう》じゃ眠れない。

「あー……やりてぇ」

「っ、放してください……っ」

思わず突《つ》き飛ばすように腕で胸を押したが、加藤はびくともしない。

本格的に恐怖《きょうふ》を感じ始めると、腰に回されていた手が背中に回る。

強張《こわば》った体で、迂闊《うかつ》に加藤を誘《さそ》った事を後悔していると「やんねぇって」と笑いを含《ふく》んだ声

で言われた。だけどその声には欲望《よくぼう》が滲《にじ》んでいる。

「触るだけ、な」

手負いの獣《けもの》を招き寄せるような声で囁《ささや》いた後、加藤の手が背中をゆっくりと撫《な》でていく。大きな手が、骨の数や形を確かめるように服の上から体を辿《たど》る。

今すぐ、この腕の中から逃《に》げ出すべきだとは分かっていたが、直接性的な事を連想させる場所には触れない手を拒絶《きょぜつ》しにくかった。

何より、顔を上げられない。自分がどんな顔をしているのか、知られたくなかった。息を何度も飲み込みながら、じっと耐《た》える。

「ン」

不意に首筋を撫でられたときに、肩に力が入ってしまう。

「ここ好きなのか？」

喉《のど》の辺りを指の背で擽《くすぐ》るように撫でられて、思わず「違います」と硬い声で否定する。だけど頭を抱えていた筈の手が少し下がって項《うなじ》に触れると、また掠《かす》れた声が漏《も》れそうになった。厚意でベッドに誘ったが、誘うんじゃなかったと後悔する。産毛《うぶげ》を逆撫《さかな》でする触れ方に、ぞくぞくと悪寒《おかん》に似た物が背中を走った。それが下半身に集まりそうで怖《こわ》い。

男に体をさすられただけで、感じそうになるのが嫌《いや》だった。だけど加藤の指先はいやらしくて気を抜《ぬ》けば変な声が出そうになる。他人に体を触られるだけで、こんなに気持ちがいいとは思わなかった。だけどここでよがったら、どんな目に遭《あ》うか分からない。

「やめてください」

腰の上に乗せられていた加藤の手を摑《つか》む。

「眠れなくなるから、やめてください」

硬いベッドに顔を埋《うず》めながら口にする。途端《とたん》に、加藤の手がぴたりと止まった。

ほっとして俺が息を吐《は》くより先に、溜《た》め息に似た長い吐息《といき》が髪《かみ》を揺《ゆ》らす。

「お前、さっさと俺に惚《ほ》れろよ」

掠れた声音《こわね》で告げられた台詞に、ますます体温が上昇《じょうしょう》する気がした。

恥《は》ずかしくなって聞こえなかったふりで、瞼を閉じる。加藤の手はそれ以上動く気配はなかったから、おずおずと摑んだ指を放そうとしたら、繋《つな》ぐように指先を握《にぎ》られた。

ますます強く瞼を閉じて、肌触《はだざわ》りの悪いタオルケットに頰《ほお》を押し付ける。そうして再び眠気がひたひたと忍《しの》び寄ってくるのを待ったけれど、どんなに待っても気配すら感じ取れなかった。

きっと触れ合った加藤の指先がそれを遠ざけているのだろう。分かっていたのに、繋がりを解《ほど》けず、痣《あざ》の出来たお互《たが》いの指が触れ合うままに任せる。

距離《きょり》が離《はな》れる毎《ごと》に色濃《いろこ》くなるなら、もしもずっと手を繋いでいたら、小指の痣は消えるかも知れないと不意に思った。

◆◆◆

ガシャン、と派手な音がして目の前で赤い素焼《すや》きの破片《はへん》が散らばる。

資料室に閉じ込められる事一回、エレベータに閉じ込められる事三回、オフィスに閉じ込められる事二回。タイから帰国して一週間ほど経《た》っているが、加藤が会社に顔を出す日は必ずどこかしらに閉じ込められていた。

「大丈夫《だいじょうぶ》か？」

それだけではなく今日は取引先との打ち合わせに出向いた帰り、歩道を歩いていたら、頭上から植木鉢《うえきばち》が落ちてきた。

咄嗟《とっさ》に腕を引かれて脳天を直撃《ちょくげき》する事態は避《さ》けたが、加藤がいなかったら恐《おそ》らく今頃《いまごろ》は鉢に入っていた土や小さな松の木同様に、歩道に横たわっていただろう。

「あ、りがとうございます」

戦々恐々《せんせんきょうきょう》とした気持ちで、飛び散った土を見ながら礼を口にする。現場を目撃《もくげき》していた周囲の通行人も、俺と同じような強張った顔で足を止めていたが、しばらくすると気を取り直すように歩き出す。ちらちらと向けられた視線を居心地《いごこち》悪く感じた。

「怪我《けが》は、ないみたいだな」

加藤はほっとした様子で、俺の腕を放して上を見上げる。

その視線はマンションのバルコニーに向けられていた。手摺《てす》りのところに、素焼きの鉢が並んでいる。恐らく砕《くだ》けた植木鉢もそこにあったのだろう。

この所、トラブル続きだ。思い起こせばタイでも泥棒《どろぼう》に遭ったたし、先日も車に轢《ひ》かれ掛けた。

「最近、部長に助けられっぱなしで、すみません」

「それは構わねぇけど、確かに最近変な事ばかり起こってるな。一人のときは気を付けろよ」

「いや、一人のときは……」

そう言いかけて口を噤《つぐ》む。考えてみれば、加藤と一緒《いっしょ》のときにばかりトラブルに遭っている気がする。車に轢かれ掛《か》けたときも加藤に背後から襟首《えりくび》を摑まれて、助かった。

加藤がいて助かったと思ったが、もしかしたら加藤と一緒にいなかったらそんな事態は起こらなかったかもしれない。トラブルに巻き込まれるのは、例の祠《ほこら》に願い事をしてからだ。

「もしかしてこれって……」

思わず、嫌な可能性に気付いて引きつった顔で加藤を見返す。

俺の顔色が余程悪かったのか、加藤は割れた鉢植えを見てから「気が動転してるようなら、直帰していいぞ」と有り難《がた》い許可をくれた。

「すみません、ありがとうございます」

普段《ふだん》なら断るが、今回はその言葉に甘えて駅に着いてからは別々のホームに向かう。

頭の中に浮《う》かんだ可能性をすぐ確かめたくて、自宅の最寄《もよ》り駅を出てからは小走りで、例の祠に向かう。相変わらず薄暗《うすぐら》い路地には人気《ひとけ》が無く、不気味だった。

前回同様に、財布《さいふ》の中の小銭《こぜに》を叩《たた》き付けるように賽銭《さいせん》箱に入れる。

「話があるから、出てこい」

挑戦《ちょうせん》的に言うと、ゆっくりと祠の扉《とびら》が開く。顔を出した小さいのは、クレーム客の対応を任されたやる気のないバイトのような顔で俺をちらりと見た。

「このところ、部長と一緒にいるとハプニングが起こるのは、全部お前の仕業《しわざ》だろ！」

感情が高ぶってしまってつい怒鳴《どな》り声になる。神様はしかし臆《おく》した様子もなく、やれやれと煙管《キセル》の先で頭を掻《か》いてから「勿論《もちろん》私の御業《みわざ》ですよ。ですから感謝してひれ伏《ふ》すのが筋なのに、その態度はなんです?」と、まるで礼儀《れいぎ》がなってないと言わんばかりに首を振《ふ》る。

「ふざけんな、殺す気か!」

思わず怒鳴りつけると、小さいのは「まさか。願いを叶《かな》える前に殺すつもりはありませんよ。そもそも毎回大事には至っていないでしょう? 私のお陰《かげ》です」と偉《えら》そうに答える。

つい睨《にら》み付けると「放って置いたって仲は進展しないでしょう?」と口にした。

「ハプニングが起きるほどにアベックの絆《きずな》は強くなると、縁結《えんむす》びが得意な同僚《どうりょう》から聞きました。釣《つ》り場効果というらしいですよ」

吊《つ》り橋効果だろ、と突《つ》っ込みたかったが、今更《いまさら》だ。最初から小さいのの使う日本語はどこかずれていておかしい。

「それにしても折角《せっかく》、一晩同じ部屋に居られるようにしたのに、何も無かったなんて。エレベータのときも特に進展しませんでしたし……」

自称《じしょう》神様は嘆《なげ》かわしいとばかりに首を振った。

「男同士なんだから当たり前だろ。どうせなら北方さんにしてくれれば良かったのに」

「希望の方がいるなら、最初から提示して頂かないと。二番目に願いをかけられた方はちゃんと相手をご指名して下さったので、現在はその方と付き合われていますよ」

それを聞いて、反射的に羨《うらや》ましいと思った。しかし自分が北方さんと付き合う様は、どうしても上手く想像できなかった。北方さんの横に立つのは、加藤のような人間の方が相応しい。しかしその加藤がこの小さいのの力によって、自分を求めてくるという現状に未《いま》だ慣れない。

タイでベッドを一緒にした日、俺は明け方になって漸《ようや》く眠《ねむ》る事が出来た。

俺が目醒《めざ》める頃《ころ》には、加藤は既《すで》に着替《きが》えていて『近くの店で朝食買ってくる』と告げて、スーツ姿でホテルの部屋を出ていった。眠そうには見えなかったが、帰りの飛行機ではぐっすり眠っていたから、恐らく加藤もあまり眠れなかったのだろう。

確かに、何の進展も無かったと言われればそれまでだが、ふとした瞬間《しゅんかん》にあの日加藤が眠る直前に吐《は》き出した台詞《せりふ》や、体を撫《な》でる手を思い出す。

その度《たび》に、自分の体がじわりと熱を持つような気がして、戸惑《とまど》う。男なんて恋愛《れんあい》の対象外だし、それは外見が優《すぐ》れている加藤が相手であっても例外じゃない。むしろ加藤こそ無理だったのに、最近は仕事中でもその姿を目で追ってしまっている。

ホテルの部屋で加藤が俺を強引《ごういん》に組み敷《し》かなかった事を、純粋《じゅんすい》に嬉《うれ》しいと感じていた。

加藤が自分の気持ちよりも俺の気持ちを優先させたのも、欲望《よくぼう》よりも信頼《しんらい》を取った事も。

それにあのとき、加藤に触《ふ》れられるのが嫌《いや》でない事に気付いてしまった。男同士で寝《ね》るつもりはないし、気持ちを告げられても困るが、同性でも気味が悪いとは思わなかった。

だけどそれでは、この目の前の得体の知れない奴《やつ》の思うつぼだ。

何せ加藤は、実際には俺の事なんて好きではないのだから。

「とにかく、もうこういうのはやめろ。序《つい》でに、これも外せよ」

俺の目には映らないが、恐らく小さいのの目には見えているであろう運命の糸が結ばれた小指を立てて突きつける。なんなら中指も突き立ててやりたい。

「貴方も頭の悪い方ですね。何度も同じ話をさせないでください。願いを叶えないかぎり、私は貴方に対する干渉《かんしょう》をやめられないんですよ。そんなに加藤孝秋が嫌なら、他《ほか》の相手とさっさと恋人《こいびと》同士になったら如何《いかが》ですか？」

自称神様の言葉は尤《もっと》もだった。確かに他の相手と付き合ってしまえば、願いは叶えられるのだからこの小さいのが俺に干渉する理由がなくなる。

しかし生まれてから二十六年間いなかったものを、あと数十日で作れるわけがない。

「まったく、どうやら願いが叶わない原因は貴方にあるようですね」

咎《とが》めるような自称神様の視線に、思わずたじろぐ。そんな俺から視線を逸《そ》らすと、小さいのは手に持っていた煙管を唇《くちびる》に咥《くわ》え、ふうぅと長い息を吐き出した。

「仕方ないから、少しオプションを付けましょうか。出血大サービスですよ」

途端《とたん》に一瞬《いっしゅん》視界が曇《くも》るほどの甘い匂《にお》いの煙《けむり》に包まれて、反射的にそれを手で払《はら》う。

「オプションって、なんだよ」

嫌な予感に眉根《まゆね》を寄せたが、目の前の唇はにやにや笑うだけで答える気配はない。

「俺はお前の思い通りには絶対にならないからな」

「私に逆らうのは得策ではありませんよ。不埒千万乱臣賊子《ふらちせんばんらんしんぞくし》。神は敬い尊ぶもの。尊敬の念を忘れた人間には、祟《たた》りを起こすのも役目の一つです。粋《いき》がっていると後が怖《こわ》いですよ？」

じっと上目遣《うわめづか》いに俺を見るその瞳に、予感が確信に変わる。一体、この小さいのがどんなオプションを付ける気なのかは分からない。もしかしたらもう既に付加された後かもしれない。どのみち下手に出ようが怒鳴りつけようが、こいつはやりたいようにやるだろう。短い付き合いだが、それが分かっていたから遜《へりくだ》る気にならなかった。

「誕生日を乗り切れば、そっちの負けだからな」

自称神様は「その言葉を貴方はすぐに後悔《こうかい》するでしょうね」と歯を剝《む》き出しにして笑った。

そんな事今更教えてもらわなくても、後悔なら祠に願いをかけた日からずっとしている。

◆◆◆

敵が人間でない場合、取るべき対策なんてたかが知れている。

とりあえずは加藤と二人きりで閉じ込められないように、社内でも人の多い場所に行くようにしていた。エレベータもわざと込む時間帯に乗り込んでいる。トイレも一番人気のあるフロアに立ち寄っているし、外を歩く際には挙動不審《ふしん》な程《ほど》に周囲を確認《かくにん》していた。

出来る限り加藤と一緒《いっしょ》にいないのが一番なのは分かっていたので、業務上問題ない程度には避《さ》けるようにしている。尤も、小指の問題があるので限界はあったけれど。

――そういえばオプションって、結局なんだったんだ？

「ここいいですか？」

小さいのの言葉を思い出しながら、食堂で昼食を取っていると不意にそう声を掛《か》けられる。

顔を上げると、最近親しくなった総務部の蓮村《はすむら》が立っていた。

蓮村は年齢《ねんれい》は一歳下だが、見た目はがっちりしていて加藤よりも背が高く、横幅《よこはば》もある。がっしりとした体は贅肉《ぜいにく》ではなく筋肉のようだから、学生時代に何かやっていたのかもしれない。

「どうぞ」

社員食堂は高層階にある。会社のビルは硝子《ガラス》を多用した構造で、食堂の壁《かべ》にも硝子がはめ込まれていた。その手前にカウンター席が並んでいるのでそこに座って、遠くにある湾《わん》を眺《なが》めながら食事をするのが習慣だった。

「この間から色々とご迷惑《めいわく》をお掛けしてすみません」

数週間前までは存在も知らなかったが、このところ設備トラブルで、よく総務に連絡《れんらく》を取っていた。先日電子錠《でんしじょう》が壊《こわ》れて俺と加藤がオフィスに閉じ込められた際も、業者の作業が終わるまで蓮村も残業してくれていた。

「いえ、備品や設備に関することはうちの責任ですから。逆にこちらこそすみません」

蓮村は俺の隣《となり》に座ると、軽く頭を下げてそう口にする。

本当は誰《だれ》に責任があるのか知っているだけに、謝られると居心地《いごこち》が悪い。

「でも、何故《なぜ》か寺山さんと加藤部長代理ばかり、トラブルに遭《あ》うんですよね」

流石《さすが》に俺達だけが色々な場所に閉じ込められていたら、不思議にも思うだろう。

「もしかして寺山さん、機械とか壊す体質だったりしません？　俺の友達もそうだったんですけど、そいつ電子カードとかタッチパネルとかよく壊すんですよ。携帯《けいたい》ゲーム機や携帯も基本一年足らずで壊すらしくて。静電気体質だからかもって本人は言ってましたけど」

「俺も、そうかもしれません」

乾燥《かんそう》した冬には静電気ぐらい起こすが、今までの人生で触れただけで電子機器を壊した記憶《きおく》はない。けれどその答えで納得《なっとく》してくれるならと、頷《うなず》く。

「ああやっぱり。そういう体質だと大変ですよね。でも、あの加藤部長代理と一緒のときに閉じ込められるのってきついですよね。大丈夫《だいじょうぶ》大丈夫ですか？」

「大丈夫っていうのは？」

「寺山さんって凄《すご》く繊細《せんさい》そうだから。加藤部長代理の下じゃ、大変でしょ？　加藤部長代理って、無理難題吹《ふ》っ掛けるらしいじゃないですか。寺山さんは元々うちの会社の人間じゃなかったわけだし、色々とパワハラ系のきつい仕打ちを受けたんじゃないですか？」

その言葉に些細《ささい》だが不愉快《ふゆかい》な気分を覚える。ひ弱に見られるのは今に始まった事じゃない。吸収された側の人間なので軽い扱《あつか》いをされる事も多い。だけどもっとあからさまな嫌みを言われた事もあるのに、何故こんな些細な台詞に引っかかるのか、自分でも不思議だった。

「寺山さんは随分《ずいぶん》いびられてたって聞きましたけど」

「確かに部長は厳しい人ですけど、理不尽《りふじん》な事は言いませんし、指導は為《ため》になりましたから」

「ああ、そういうのはいいですよ。俺、ちくったりしませんから。大変ですよね」

朗《ほが》らかに笑う蓮村に対して、それ以上否定するのは無駄《むだ》な気がした。職種も違《ちが》うし、実際一緒に仕事してみなければ分からないだろうな、とドリンクサーバから持ってきた珈琲《コーヒー》を口にする。

——そうか、知りもしないくせに加藤の事を分かったように言われるのがむかつくのか。

確かに昔はよく怒《おこ》られていた。今も気を抜《ぬ》いてミスをすると怒られる。しかし自分に非が無いときに、怒られることはない。前の会社では上司の機嫌《きげん》によって辛《つら》く当たられたし、高卒だというのを馬鹿《ばか》にされた事もあったが、加藤は成果主義なのでそういう事は一切《いっさい》なかった。

加藤を貶《おとし》められることに不快感を覚えたので、蓮村のプライベートを質問することで話題を変えた。体格が良いけどスポーツをしているのかと訊《たず》ねると、蓮村は嬉《うれ》しそうに学生時代に運動部にいて、今でも会社の運動系のサークルに所属しているのだと話す。

俺も趣味《しゅみ》を持つべきだろうかと、スノースポーツの話を楽しげにする横顔を眺めていると、不意に「寺山さんも興味あるなら今度行きませんか？」と誘《さそ》われた。

中学時代は弟の世話があったし、高校時代は余暇《よか》をバイトに費《つい》やしていたから、スポーツは体育の授業ぐらいでしかしていない。運動神経は悪い方じゃないが、特に優れてもいない。

「ゲレンデって、ここら辺からだとどこがいいんですか？」

「この間行ったのは長野ですけど、山梨《やまなし》とか群馬も近いからよく行きますね。明け方に高速飛ばせば片道二時間ぐらいで行けますよ。温泉地が近かったら、前のりして温泉入ってから滑《すべ》ったりして。板は俺が幾《いく》つか持ってるんで、行くなら貸しますよ。いつにします？」

誘いをきっぱり断らないために話題をずらしたので、詳細《しょうさい》を詰《つ》めようとする蓮村に困る。

正直、余り仲良くない会社の人間と遠出する気にはならなかった。それに小指に見えない糸が絡《から》まっている間は、県境を跨《また》ぐつもりはない。

「今の仕事がどうなるか分からないんで、もう少し落ち着いてからじゃないと」

「そうですか。でも暖かくなると雪質悪くなるんで、できるだけ早めにお願いしますね」

蓮村は残念そうな顔で念を押す。もう一緒に行く事は決定しているらしい。

「あ、でも春になったらそれはそれで他に楽しい事いっぱいありますから」

にこりと笑う蓮村に、いつの間にこんなに懐《なつ》かれたのだろうと思いながら、愛想《あいそ》笑いを返して食事の終わったトレイを持って立ち上がる。

オフィスに戻《もど》ると加藤はまだ出先から戻っていなかった。今日の戻りは遅《おそ》くなると聞いていたが、帰ってくる前に仕事を切り上げようと決めて、午後の業務に取り掛かる。

しかしその日から数日は、加藤が会社にいても二人きりになるような事態は少なかったし、なったとしても閉じ込められることはなかった。ほっとしながらも、拍子抜《ひょうしぬ》けした気分で過ごしていたある日、この数日の平穏《へいおん》のツケだとでもいうように、大きなトラブルが発生した。

それはどこかに閉じ込められるとか、俺が命の危機に瀕《ひん》する物ではなく、もっと仕事上の差し迫《せま》ったアクシデントだった。

『アメリカは今回、下記の品物について新たな輸入規制をかける事を発表しました』

一報をもたらしたのは、テレビのニュースだった。

朝食をとっているときに点《つ》けた朝の情報番組では、ジャンル別に品目が表示されていた。それは加藤が何年も前から心血を注いで進めていたプロジェクトに、影響《えいきょう》を及《およ》ぼす内容だった。

「は？」

まさしく寝耳に水の状態で、テレビの前で間抜《まぬ》けに呟《つぶや》く。

しばらく画面に見入っていたが、ニュース番組にもあまり情報が入ってきていないのか、それほど詳《くわ》しくは解説してくれず、トピックは他《ほか》の物に移ってしまった。

慌《あわ》てて玄関《げんかん》を出てポストから新聞を引き抜く。経済情報に強い新聞の一面に、先程の規制内容は書かれていない。新聞を隅々《すみずみ》まで調べて記事がない事を確認してから、家に戻って携帯から規制に関する情報収集を試みたが、テレビで知った以上の情報は得られなかった。

「朔？　どうしたの？」

足音荒《あら》く居間に入ってきた俺を、祖母が不審《ふしん》がったが、説明している余裕はなかった。とにかく会社に向かわなければ、と祖母に朝食の片づけを頼《たの》んで鞄《かばん》を持って家を出る。

電車の中でもう一度規制に関する情報を調べたが、結果は先程と同じだった。アメリカの発表なんだから、英語のサイトに行けばもう少し詳しい事が分かるのかもしれないが、俺の語学力ではたとえ書いてあったとしても、内容を正確には理解できない。

会社に着くまでもどかしい気持ちだった。オフィスに入ると、既《すで》に加藤がデスクにいた。

「あの、ニュースの件ですが……」

「ああ、朝から緊急《きんきゅう》会議だ。規制の内容によっては、プロジェクトは中止になる」

「何かお手伝いできる事はありますか？」

「大丈夫だ。お前は自分の仕事をしていていい。結果が分かったら、教える」

慌ただしく仕事をしている様が気になったが、それ以上声をかけられなかった。

始業時間がくると、加藤はノートPCを持ってオフィスを出て行く。戻ってきたのは、昼過ぎになってからだった。憔悴《しょうすい》している様子はなく、加藤は普段《ふだん》と変わらぬ態度だった。

だからプロジェクトは続行になるものだとばかり思っていたが、終業の五分前に加藤から「規制の影響でプロジェクトは中止になった。再開は未定だ」と報告された。

あっさりとした説明だった。先輩《せんぱい》方が二、三質問をしたが、「規制内容が変更《へんこう》されない限りは、現在の提携《ていけい》先ではプロジェクトの続行は不可能と判断された」と加藤は淡々《たんたん》と説明する。

「残念ですね」

主任がそう口にすると、加藤は小さく頷《うなず》いたが、愚痴《ぐち》めいた事は何も言わなかった。

「話は以上だ。それぞれの仕事に戻れ」

しかし普段なら一、二時間は最低でも残業していく加藤が、その日は定時で帰宅した。

もしかして顔に出ないだけで、かなり応《こた》えているんじゃないかと少し心配になる。

残業をしながら出張先で「このプロジェクトのために部署を作った」と、向こうの支社員に話していた事を思い出す。

急ぎではないが決裁を求める書類をデスクに置くと、そこに置かれた加藤の仕事用の携帯《けいたい》に気付いた。意図的に置いていったのだとしたら、抽斗《ひきだし》に仕舞《しま》うだろう。普段抜《ふだんぬ》け目のない男が、こんな風に必要な物を忘れていくのは珍《めずら》しい。

――やっぱり、プロジェクトの事が応えてるんだろうな。

俺達には悟《さと》らせないだけで、憔悴しているのだろう。部下にぐらいは心情や愚痴を吐露《とろ》すればいいと思うが、加藤はそう言った不満は昔から口にした事がない。接待以外、プライベートで部下とどこかに出かけるのも避《さ》けている節があった。だから俺は仕事上の事は知っているし、会社にいるときの加藤への接し方は分かるが、それ以外の部分では殆《ほとん》ど全く何も知らない。六年間、家族と過ごすよりも長い間一緒《いっしょ》にいるのに、趣味や好きな食べ物すら知らない。この間、エレベータに閉じ込められたときに聞き返しておけば良かった。

そうすれば、こういうときに愚痴を聞くぐらいの付き合いはできただろうか。普段は助けられるばかりで、何も役に立ってないな、と携帯を手に取る。

「でも、これを届けるぐらいはできるけど」

加藤が帰ってから時間が経《た》っているが、取りに来る気配はない。届ける事に決めて、携帯を手に会社を出た。最寄《もよ》り駅は何かの会話のときに聞いたことがあったから、普段とは違《ちが》う路線に乗る。

行き違いになるのを避けるために、途中で加藤に連絡《れんらく》を入れたが出なかった。もしかしたら私用の携帯もどこかに置き忘れているかもと、可能性の低い想像をしながら目的の駅で降りる。

加藤に近づいている事は、小指の付け根が教えてくれるので間違《まちが》いない。

「厄介《やっかい》だと思ってたけど、こういう風に使う分には便利だな」

だけどここから先、痛みを頼《たよ》りに付近を捜索《そうさく》する気にはならずに、駅前のカフェに入る。

週末の夜だから、カフェは混《こ》んでいた。空いているテーブルは無さそうだと、レジ前の列に並び店内を見回していると、携帯が鳴る。軽食を食べて時間を潰《つぶ》し、根気強く私用の携帯に連絡を入れるつもりだったが、意外に早くレスポンスが来た。

『俺だ。着信があったみたいだが、何か用か？』

加藤の声は電話越《ご》しだと、不機嫌《ふきげん》なのかと勘違《かんちが》いしてしまう程《ほど》、素っ気なく聞こえる。

「お疲《つか》れさまです。お休みの所すみません。携帯がデスクの上にあったので」

俺がそう口にすると、少し間が空いた。鞄の中を確認《かくにん》していたのかもしれない。

やはり忘れた事すら気付いていなかったようだ。

『分かった。今から戻る。そのままにしておいていい』

「あの、晃ヶ谷《けりがや》駅に今いるんですけど。家にいるなら届けに伺《うかが》います」

『わざわざ持ってきたのか？』

少し間を空けた後で、加藤が驚《おどろ》いた様子で口にする。

「すみません、ご迷惑《めいわく》でしたか？」

別の人間と一緒にいたら、迷惑かもしれない。俺達には喋《しゃべ》れないような愚痴を、吐露できる相手がいたとしても不思議じゃない。もしくは部下でも他人に家を知られたくない可能性もある。来るべきじゃなかっただろうかと、今更《いまさら》出過ぎた提案をした事を後悔《こうかい》した。

『いや……駅前にいるなら取りに行く。用意するから二十分ぐらい待てるか？』

「ご迷惑でなければ俺が行きますけど」

『わかった。じゃあタクシーで来い』

加藤の住んでるマンションの名前を聞いて通話を切ったときに、列の順番が回ってくる。

カフェラテを二つと、少し考えてからマフィンを二つ頼んだ。加藤が要《い》らないと言えば俺が持って帰れば良いと思い、店を出て駅前に停まっていたタクシーを捕《つか》まえる。

加藤の家は駅からは徒歩十分程度の距離《きょり》にあった。インターフォンでロックを解除して貰《もら》い、中に入る。度重《たび》なる閉じ込め事件のお陰《かげ》で、エレベータに乗る前は躊躇《ちゅうちょ》するようになってしまったが、二十階も階段で上がる気にはなれなかった。

部屋の前に着いてインターフォンを押すと、応答の代わりにドアが開く。

「あ、お、遅《おそ》くにすみません」

思わず声が上擦《うわず》ったのは、ドアを開けた加藤が普段とは格好が違ったからだ。

加藤の私服は、予想したよりもずっと柔《やわ》らかな印象だった。白いVネックのカットソーに紺《こん》色《いろ》のロングカーディガンとモスグレーのパンツ姿は、普段の鬼《おに》上司の印象とは異なる。けれどその柔らかな雰囲気の格好がとても似合っていて、見ていると落ち着かない気分にさせられた。

「あの、珈琲《コーヒー》を買ってきたので、良かったら」

「悪いな」

そう言ってペーパーバッグを受け取った加藤は、中身に視線を向ける。

隙間《すきま》から珈琲のカップが見えたのか「二人分か」と口にした。

「あ、いえ、その」

自分の分と部長の分をそれほど意識せずに買ったが、これでは最初から家に迎《むか》え入れて貰えると思っていたみたいだ。実際、その辺りまでちゃんと考えていなかったが、招かれてもいないのに図々《ずうずう》しい事をしてしまった。部署が独立した当初から熱を入れていた企画《きかく》が中止されたのだから、一人で色々と考えたいこともあるかもしれない。

「俺の分は、持って帰ります」

誤魔化《ごまか》すようにそう言うと、加藤は「上がれ。わざわざ届けさせたのに、玄関《げんかん》で追い返すのも悪いしな」と言ってくれたが、どうも乗り気ではなさそうだ。

しかし靴《くつ》を脱《ぬ》がずにまごついていると「早くしろ」ともう一度声を掛《か》けられた。

部屋はオフィスのデスクと同様に物が無くてすっきりとしている。リビングは広く、白いアームレスソファ、それから小さな四角い木製のテーブルが置いてあるだけだ。

壁《かべ》にはテレビが掛けられているが、印象的なのはその横に飾《かざ》ってある写真だった。

そう言えば玄関から続く廊下《ろうか》にも何枚かモノクロの写真が飾られていた気がする。

「部長は、写真が好きなんですか？」

「前に住んでた奴《やつ》の趣味《しゅみ》だ。面倒《めんどう》で外してない」

前の住人の物が置き去りなんて事があるのかと疑問に思ったが、数秒後にそれが同棲《どうせい》していた相手を指すのだと気付く。なんとなく加藤は一過性の付き合いを繰《く》り返しているイメージだったので、深く付き合った相手がいるというのが意外であると同時に、少しもやもやする。

――いや、もやもやって……おかしいよな。元々加藤はもてるし。

加藤は俺にソファを勧《すす》めると、珈琲とマフィンをレンジで温めてから持ってきた。

「お前、夕食は？」

「残業の合間にとりました。あ、決裁の書類をデスクに置いたので、後で確認お願いします」

加藤がキャラメルがかかった方のマフィンを取ったので、俺はクランベリーが入った方を取る。横の紙を外して噛《か》み付くと、卵とバターの甘い匂《にお》いが鼻先を掠《かす》めた。

「期限は先なのに、もう出来たのか。相変わらず真面目《まじめ》だな」

真面目なのは元来の性格ではなく、入社後に散々加藤に鍛《きた》えられたせいだ。

「仕事の上では使えるのに、私生活では抜《ぬ》けてて隙が多いよな」

同意を求めるような台詞《せりふ》の意味が分からずに首を傾《かし》げる。このところ轢《ひ》かれかけたり植木鉢《うえきばち》が直撃《ちょくげき》しそうになったりした事を指しているのだろうか。

「週末に、自分を好きだと言ってる男の家に上がり込むなんて、襲《おそ》われても文句言えないだろ」

マフィンの欠片《かけら》が気管に入って噎《む》せた。

「手を出さないからって欲求《よっきゅう》がないわけじゃねえ。こっちは毎回毎回我慢《がまん》してやってんだ。無防備に近寄って来るな。そのうち本気で押し倒《たお》すぞ」

「す、すみません」

咄嗟《とっさ》に謝ってしまったのは、向けられた視線がどこか剣呑《けんのん》で真剣《しんけん》みを帯びていたせいだ。赤くなった俺に、加藤は「携帯《けいたい》は助かった。だけど食い終わったらすぐ帰れよ」と口にする。

「はい」

慌《あわ》てて頷《うなず》く。確かに軽率《けいそつ》だったと反省した。しかし相手が女性ならいざ知らず、男相手にそういう気が回らなかった。それに上がれと言ったのは、加藤だ。

マフィンを食べ終わって、ふと加藤に声をかけようとしたときに、一年以上前から禁煙《きんえん》しているはずの加藤が、キッチンで煙草《たばこ》を吸っていることに気付く。

苛立《いらだ》ったときに吸いたくなるのを我慢するために、いつもは飴《あめ》やガムを噛んでいたが、今回の事は余程耐《た》え難《がた》かったのだろう。

「例のプロジェクト、残念でしたね」

俺の言葉に加藤が「ああ、そうだな。規制がかかったのは想定外だった」と口にする。

「でも、なんでいきなり規制なんて……」

不意に、例の神様が「後悔するでしょうね」と言っていたことを思い出す。

部屋に閉じ込めるだけじゃ飽《あ》きたらず、プロジェクトにまで手を出したのかもしれない。

だとしたら俺が加藤と付き合えば、なんとかなるだろうか。

「まあ、完全に無しになったわけじゃねえからな。抜け道があるかもしれねぇし、白紙にはなったが、また一から頑張《がんば》ればいい。頑張ってるうちは、終わりじゃない」

はっきりと、気負いもなく加藤はそう言い切った。

上層部がワンマン気味な加藤を問題視しながらも部署を持たせたのは、優秀《ゆうしゅう》だからという理由だけではない。加藤の言葉は混じり気がなく、二値化している。できるといいな、なんて曖昧《あいまい》な言い方はしない。そういう所は格好良くて、尊敬していた。

『できないなんて二度と言うな。俺はできない仕事は振《ふ》らないし、お前を甘やかす気もねぇよ』

仕事を辞《や》めようか迷っていたときに言われた台詞を、今も覚えている。合併《がっぺい》されたことで職種が変わり、まだ二十歳《はたち》になったばかりの俺は、何も分からずに馬鹿《ばか》みたいなミスを犯《おか》した。

優秀である事の代名詞にされる大学を出た加藤や同僚《どうりょう》とは頭の出来が違《ちが》う。口にはしなかったが、加藤に心の中でした言い訳を見透《みす》かされた気がして、恥《は》ずかしかった。そんな気持ちで俯《うつむ》いたら、『失敗してもいいからやれ。新人にまで結果は求めねぇし、分からない所は教えてやる』と励《はげ》ますように言われて、拙《つたな》いながらも頑張ろうと思った。

「寺山」

過去の事を考えていると、急に名前を呼ばれて顔を上げる。

「電車で来たなら、そろそろ帰れ」

腕時計《うでどけい》に視線を落とし、冷めた珈琲を飲み干して立ちあがる。

床《ゆか》に置いたままだった鞄《かばん》を手にすると、「タクシー代」と言って加藤が財布《さいふ》を開く。

「あ、いえ、大丈夫《だいじょうぶ》です」

持ってきた携帯をテーブルの上に置き、先程思いついた解決策に戸惑いながらも玄関に向かう。

「いいから受け取れ」

追い掛けてきた加藤に万札を押し付けられて、返そうとしたときに加藤の手と手が触《ふ》れた。

その瞬間《しゅんかん》、小指がぎゅうっと千切れんばかりに痛む。

「っ」

激痛に、指を押さえて蹲《うずくま》る。一瞬《いっしゅん》呼吸を忘れる。けれど痛みはすぐに引いていった。しかし代わりに付け根の部分がどくどくと熱を持つ。火傷《やけど》したように指から手首、肘《ひじ》へと熱が広がる。

「おい、大丈夫か？」

気付けば玄関でタイルの上に膝《ひざ》を突いていた俺に、心配げな声が降ってきた。

「はぁ……っ」

大丈夫です、と言うつもりだった声は荒々《あらあら》しい吐息《といき》に変わる。熱は肩《かた》から、胸に、そこから血管を通して全身にまで広がった。爪先《つまさき》までじんと熱くなる。爪先だけじゃない。体の中心が、熱を集めて硬《かた》くなっていて苦しい。得体の知れない状況《じょうきょう》で混乱する。

一体自分の体がどうなったのか、見当もつかない。いや逆に、見当がつかない場合の見当はついている。恐《おそ》らく例のあの自称《じしょう》神様の仕業《しわざ》だ。そういえばオプションがどうとか言っていた。

――あいつ、今度会ったら踏《ふ》み潰《つぶ》す……っ。

「寺山」

「あっ！」

肩に触れられた。直接肌《はだ》に触れられたわけじゃないのに、大きな声が出て、自分でも驚《おどろ》く。

反射的に顔を上げると、目が合った途端《とたん》加藤も訝《いぶか》しげな顔をした。

「お前……」

その先の言葉を加藤が飲み込んだので、何を言いたいか分からない。

痛みはいつの間にか消えて、熱だけが体に滞《とどこお》っていた。特に一番熱いのが、胸や腹といった体の中心だった。腕《うで》や足はまだましだが、そこは服が擦《す》れるのにすら敏感《びんかん》になっている。

吐《は》き出す息のリズムを聞いて、自分の体が微《かす》かに震《ふる》えている事に気付く。

いつの間にか涙《なみだ》で潤《うる》んだ視界を瞬《まばた》きで誤魔化《ごまか》して「違うんです」と言い訳をしようとしたときに、加藤が顔を近づけてくる。逃げようとした肩を摑《つか》まれて、気付けば唇《くちびる》が合わさっていた。

舌が触れる。その瞬間、殊更《ことさら》熱の籠《こ》もった吐息が漏《も》れて体の力が抜けた。

しなだれかかるように加藤の体に凭《もた》れてしまい、まずいと思ったときには腰《こし》に腕が回される。

「あ、部、長」

熱を持って滑《すべ》る舌を気持ち悪いと思ったのは一瞬で、ぬるぬると俺の物と合わされると、えも言われぬ気持ち良さに腰が痺《しび》れる。

「ん、ぁ」

鼻にかかった声が漏れて、離《はな》れようとした途端《とたん》に強く抱《だ》き締《し》められた。

脚《あし》の間に加藤の脚が入ってきて、股間《こかん》に膝が触れる。

「慰《なぐさ》めてくれるのか?」

加藤の声は苛立ちと欲情《よくじょう》を半分ずつ含《ふく》んでいた。違うと言いかけて、仕事の事が頭を掠《かす》める。

準備期間は二年、構想はもっと前からだ。漸《ようや》く始動した矢先に、俺の下らない神頼《かみだの》みのせいで頓挫《とんざ》してしまった。もしこのまま身を任せれば、プロジェクトは再始動できるかもしれない。

考えているとぐっと膝で股間を押されて、体が大きく震えた。

「最初からこのつもりで来たのか?」

嘲《あざけ》るような、獰猛《どうもう》な衝動《しょうどう》に耐えるような、切羽《せっぱ》詰《つ》まった声だった。

加藤が俺に欲情してる、と意識した瞬間にじわっと下着が濡《ぬ》れたのが分かる。

温かく生温《なまぬる》い不快感に絶望的な気分になった。人前で、こんな風になったのは初めてで、情けなくて恥ずかしくて今すぐ立ち上がってドアを出ていきたいと思うのに、体に力が入らない。

「もう、俺……」

息が続かない、と言おうとしたけれど唇を吸われ、その先は吐息に消える。

加藤は唇を散々舐《ねぶ》った後で、俺の体から離れた。立ち上がった加藤にほっとしながらも残念な気持ちで息を整えていると、鍵《かぎ》が掛《か》かる音が耳に届く。

やめる気はないのだと思ったら、体温がますます上がった気がした。

腕を取られて立ち上がる。ふらっと揺《ゆ》れると抱き留《と》められた。力の入らない体では一人で立つこともままならず、ましてや腕を引かれて抵抗《ていこう》することもできない。

寝室《しんしつ》に連れて行かれ、大きめのベッドに転がされて、自分がこれから何をされるのか実感する。

「あの、部長……っ」

抵抗する前にネクタイを解かれる。するりと衿《えり》の下を抜《ぬ》けていく感触《かんしょく》に鳥肌《とりはだ》が立つ。

室内は暗いが、ドアの隙間《すきま》から廊下《ろうか》の光が差し込んでいた。そのお陰《かげ》で、俺の体を膝で跨《また》いだ男の顔がよく見える。だけど目が合った途端、見上げた事を後悔《こうかい》した。

「お前、普段《ふだん》痛いぐらいに冷たい顔してんのに、すげぇな」

「な、何がですか？」

「今すぐ食われたくて堪《たま》らねぇって顔してる」

加藤の方こそ、今すぐに食いたくて堪らないって顔だ。骨も残らない程食い尽《つ》くされる予感や恐怖を感じているのに、体の芯《しん》が熱さを増す。

「慰めてくれるなら、遠慮《えんりょ》無く頂くが……構わないんだな?」

最後通告だというように、尋《たず》ねられる。その指先が顎《あご》に触れ、喉仏《のどぼとけ》を通り、シャツの合わせ目で止まった。断るなら今しかない。そもそもこんなつもりで来た訳じゃなかった。

ここで逃げなければ、きっともう逃げ道は与《あた》えて貰《もら》えない。理解していたが、体は熱くなる一方で、欲望《よくぼう》は脳を侵食《しんしょく》し始めていた。このまま肉欲に流れてしまいたいと、心のどこかで思っている。それに抱かれる事でプロジェクトが再開されるなら、そうすべきなのかもしれない。

「寺山」

自分を呼ぶ掠れた声に、観念した気分で同意を籠《こ》めて見つめ返す。しかしそれでは許して貰えずに、閉じた口元に加藤の指が触れ、「言え」と命令された。

「部長の、好きなようにしてください」

それが精一杯《せいいっぱい》だった。相変わらず受動的だとか、なんだその投げやりな誘《さそ》い文句はとか、色々言われるかもしれないと思っていたが、加藤から返答はない。

代わりに、乱暴に唇を塞《ふさ》がれた。先程よりももっと荒々しいやり方に、息が出来なくなる。溺《おぼ》れそうな気がして口内の唾液《だえき》を飲み干すと、奥の方まで舌が入ってきた。

室内は肌寒《はだざむ》いはずだった。吐き出した息が白く濁《にご》る。

だけど触《ふ》れ合った所も、体の中心も馬鹿《ばか》みたいに熱い。舌だけで充分気持ちがいいのに、この先に進んだらどうなるんだろうと、漠然《ばくぜん》とした不安を覚えたが、どうせもう引き返せない。

「は、あ」

熱い頬《ほお》に触れた加藤の髪《かみ》は少し湿《しめ》っていた。風呂《ふろ》に入っていたのかと、携帯《けいたい》が繋《つな》がらなかった理由を知る。冷たい指先がキスの合間にボタンを外すのも、ベルトが外される音も全部他人《ひと》ごとのように感じながら、舌から伝わる快感を享受《きょうじゅ》する。

「舌、小せぇな」

ふっと、笑いながら加藤がそう言ってから「朔」と俺の名前を呼ぶ。欲《よく》の籠もった声で誰《だれ》かに自分の名前を呼ばれるのは初めてだった。

ぞくりと肩が震えたときに、シャツごとジャケットを脱《ぬ》がされる。剝《む》き出しの肌に、手が触れて、息を飲む。唇で撫《な》でるように首に触れられ、手が胸の上を這《は》う。尖《とが》った先端《せんたん》を指で押され、「や」と声が漏れる。拒絶《きょぜつ》しながらも期待するような浅ましい声が嫌《いや》で、口を手で押さえる。

「ふ、ぁ」

口を覆《おお》った手に加藤の唇が押し付けられ、小さな胸の先を優《やさ》しく引っ張られた。弄《いじ》られている場所は徐々《じょじょ》に硬《かた》くなって、むず痒《がゆ》い快感が溜《た》まっていく。自分の指を嚙《か》みながら耐《た》えていると、音を立てて手の上に口づけた加藤が、今度はその部分に舌を這わせてくる。

「っ、んぅ、は、ぁ」

生々しい感覚に耐えきれず押し遣《や》るように加藤の肩《かた》を摑むと、胸の先に歯が立てられた。

「いた、い」

「そんなに強く噛んでねぇだろ？」

加藤の言うとおり、強く噛まれているわけじゃない。けれど柔《やわ》らかく歯を立てられる度《たび》に、強い刺激《しげき》が体の奥に溜まる。

「脱がせるから腰上げろ」

パンツに手を掛けられて、急に恥《は》ずかしくなった。それでも熱い体は震えるほどその先を期待していて、羞恥《しゅうち》を唾液と共に飲み込んで、腰を浮《う》かせる。服の後は下着もずり下ろされた。

自分がひどく間抜《まぬ》けな格好で下肢《かし》を晒《さら》していると思うと、消え入りたくなる。

のし掛かってくる加藤の顔を見ていられずに視線を逸《そ》らしたら、剝き出しになった性器に指が絡《から》んだ。一度も触れられていなかったのに、もう潤《うる》んでいた。

先端に溜まったぬめりを指で裏筋の方まで伸《の》ばされて、ぞくんと腰《こし》が跳《は》ねる。

「部長……」

「お前、俺の下の名前知ってるよな」

唐突《とうとつ》な質問に頷《うなず》くと、「じゃあそっちで呼べ」と加藤が口にした。名前は当然知っている。

書類を作成する際に上長の名前を入れる事が多いから、何百回と打ち込んで来た。

だけど声に出して呼んだ事は一度もない。

「あ、あっ……っ」

濡れた幹をずるっと撫でられる。それから掌《てのひら》は奥の方に這って、奥まった場所に指が触れる。

「誰とも経験ないと思ってたが、もしそうならこんな風にはならないよな」

欲と苛立《いらだ》ちが入り混じった声と同時に、指が中に入ってきた。

「っんあ」

「そんな誘うような声が出せるようになるまで、可愛《かわい》がられてきたのか？」

「ちが、う」

神様が、と言おうとして言葉を飲み込む。正直に話しても、頭がおかしいと思われるだけだ。

「何が？　初めてじゃこんなに簡単に咥《くわ》え込めねぇだろ」

加藤の言う通り、指を二本咥え込んでも痛みなんて感じなかった。

それどころか、もっと欲しくて、腰が揺れそうになるのを必死に耐える。声も、上げてしまわないようにと何度も唇《くちびる》を噛もうとするのに、顎にもろくに力が入らなかった。

「あ、俺は……」

「相手の事は言わなくて良い。むかつくからな。二度と思い出せないぐらい、よくしてやる」

体の中を広げる指が、一本増えた。入ってきた指が内側でばらばらに動いて、どれかが切ない場所に触れると、「あ、あ」と声が震《ふる》える。与えられた刺激を残さず全部拾い上げてしまい、その度に震えた。目の奥が熱くなる。喉《のど》が渇《かわ》く。

自分で触れてなくても、加藤の指を受け入れている場所がとろけているのは分かった。濡《ぬ》れて、柔らかくなって、触れられる度に喜びに戦慄《わなな》いている。

「は、あっ……あ、部長」

「朔、同じ事を二度言わせるな」

加藤が自分のパンツのフロントをくつろげた。現れた性器は大きく、硬そうで、見た瞬間《しゅんかん》にこちらが恥ずかしくなるぐらい張り詰《つ》めていた。もしかしたらあの小さいのは小指の糸のように、俺だけじゃなく加藤にも同じ呪《のろ》いを掛《か》けたんじゃないかと思った。

「孝秋……さん、っあ、ぁ」

膝《ひざ》を折り曲げられて、奥まった場所に先端が触れる。名前を呼んだ瞬間、ふっと加藤の口元が綻《ほころ》ぶ。整った顔だ、と改めて思ったときにぐっとそれが内側に入ってくる。

「あ、っ、はっぁ、ぁ――」

押し出されるように声が出た。ずりずりと肉壁《にくへき》を擦《こす》りながら奥まで入ってくる。拡《ひろ》げられて、押し込まれて、体の内側で感じる他人の熱が急に怖《こわ》くなった。

「や、だ、っ」

目の前の体を押しのけようとした瞬間、逆に押し潰《つぶ》すように体重を掛けられる。見た目よりも重量のある厚い体に押さえ込まれ、息をするのすら窮屈《きゅうくつ》に感じた。

「や、じゃねえだろ。朔」

意識して優しくしている言い方だった。呻《うな》り声を隠《かく》すような、欲望《よくぼう》でささくれ立ったざらざらした声。恐《おそ》る恐る目の前の男を見つめると、打って変わって優しく額に唇を落とされる。

「腕《うで》、回せ」

着ていたカーディガンを床《ゆか》に落とした後で、無意識の間にシーツを摑《つか》んでいた俺の腕を加藤が摑む。逆らわずに、あまり力の入らない指を目の前の背中に回した。加藤の着ているカットソーは、柔らかな生地《きじ》だった。強く摑むと伸びてしまうな、と遠慮《えんりょ》していられたのは束《つか》の間で、中途半端《ちゅうとはんぱ》に挿《い》れられていた性器が深く入ってくると、しがみつくのに必死になる。

「ん、んっ、孝秋さん、全部は、むり、です」

先程《さきほど》目にした性器の長さを考えて慌《あわ》てて釘《くぎ》を刺《さ》す。けれど俺の制止は無視されて、より深く入ってくる。躊躇《ためら》わない性格なのは知っていたが、こんなときぐらい慎重《しんちょう》になって欲しい。

「はっ、あ、むり、っ」

「上手《うま》く咥えてる。触《さわ》ってみろ」

手を取られて下に導かれたが、指に自分の性器が触《ふ》れた瞬間、びっくりして振《ふ》り払《はら》ってしまった。そこは予想以上に濡れていた。気づかぬうちに一度達してしまったかもしれない。

そんな事を考えていると、ぐうっと奥まで加藤の物が入ってくる。

「あ……う」

ぴたりと体がくっついて、最後まで挿れられたと分かり、腹を下から押し上げてくる性器の感覚に、とぷりと先端《せんたん》からまた透明《とうめい》な液体が溢《あふ》れた。

「挿れただけでいきそうじゃねえかよ。何が無理だ」

ぺろ、と唇の上を舐《な》められる。唇をなぞるだけの舌を物足りなく感じて、離《はな》れていく顔を目で追う。下半身から伝わる熱に息があがる。加藤は、中に入ったそれを動かし始めた。

「っん、ぁ」

奥の方を突《つ》かれると息ができなくなる。いやらしく腰を使われて、逃《に》げ場のない快感に首を打ち振った。切ない場所に擦《こす》れると、どうしていいのか分からない。無意識にずり上がろうとすれば、逃げた分荒々《あらあら》しく引き戻《もど》される。

押し寄せる波に溺《おぼ》れてしまわないために、加藤の服を掴んで身を任せる事を選ぶと、褒《ほ》めるように首や頬《ほお》に唇が触れた。ホテルのベッドで体に触れられたときに感じた心地《ここち》良さとは違《ちが》う。強すぎる快感に泣きそうになった。

「朔、いくときは言えよ」

殊更《ことさら》優しい声で加藤が口にする。頷くだけで精一杯《せいいっぱい》だった。硬《かた》い腹筋にこすれる性器は、いつ達してもおかしくない。加藤もそれが分かっているから、そんな事を言ったんだろう。

「……っ、孝秋さん……っ、だめ」

不意にぎゅっと胸の先を抓《つね》られて、体が跳ねる。

「駄目《だめ》じゃなくて、いい、だろうが」

追《お》い詰められていく。性急に体の内側を擦られて、しがみついた。荒々しく、体の一番深いところを抉《えぐ》られる。初めてなのに、と容赦《ようしゃ》のないやり方を胸の裡《うち》で非難した。だけどどれだけ荒々しくされても、体は痛みどころか苦しさも感じず、ただあるのは快感だけだ。

飲み込めない唾《つば》が唇から零《こぼ》れると、それを加藤に舐め取られた。一人でするときとはまるで違う、圧倒《あっとう》的な快感だった。

「孝秋さん」

縋《すが》るように名前を呼ぶと、余計に強く責められた。これ以上は無理だ、耐《た》えられないと思って「いきたいです」と口にする。言葉はもはや不鮮明《ふせんめい》で、よく聞き取れなかったけど、目の前の男には伝わった。その唇がゆっくりと微笑《ほほえ》むのを目にして、胸の奥が甘く痛む。

「ん、もう少しな」

期待した物とは違う返答に首を振ると、あやすように舌が口の中に入ってくる。

片足をぐっと持ち上げられて胸に押し付けられ、そのせいで背中に回していた手が離れる。

「や」

縋り付く場所が無くなって、心許《こころもと》ない気持ちで加藤を見上げると、真っ直《す》ぐ見下ろして来るきつい視線にぶつかる。赤くなった目元が、薄《うす》く開いた唇が、何より余裕《よゆう》のない顔が、俺の事を本気で欲しがっているように見えて、きゅうと腹の中がうねる。

「っ、は、たち悪いなお前」

不機嫌《ふきげん》そうに聞こえたが、与《あた》えられたキスは馬鹿《ばか》みたいに優《やさ》しかった。

甘く唇を噛《か》まれて、急にストロークが穏《おだ》やかになる。もう少しでいけそうなのにいけないぎりぎりの縁《ふち》で、限界まで達しない快感を与えられ続けるのは、泣きたいほどの苦痛だった。

「っ……ね、がいですから、孝秋さん」

性器の根本を摑まれて、意地悪だと睨《にら》み付ける。どうせ俺が睨んだ所で、この人がどうとも思わないのは分かっていたけれど。

「いかせてほしいなら、もっといやらしく強請《ねだ》れ」

耳に歯が立てられる。つきりとした痛みに「ん」と声を出すと、中を抉るペースが少しだけ強くなる。強い刺激《しげき》がもっと欲しくて、言われるがままに強請った。いやらしく、という条件に見合うものが分からずに、直接的な言葉を口にしたが、許可は貰《もら》えない。

激しく責め立てられながら、その快感を逃《のが》したくなくて、ろれつもろくに回らない舌で何度も「いきたい」と言った。加藤だって限界なのに、快感を長引かせようとする目の前の男を睨み付けながら「出させてください」と息も絶え絶えに懇願《こんがん》する。

「孝秋さん……っ」

何も言わない加藤に焦《じ》れて、舌を伸《の》ばしてその唇を舐めた。どんな風に触れたらいいのか分からずに、ただなぞるように舌を動かすと、俺を縛《いまし》めていた指が離れる。

「あ」

思わず漏《も》れた声に喜色が滲《にじ》み、同時に安堵《あんど》で体から力が抜《ぬ》けた。それを加藤は見逃《みのが》さず、ぐっと、深く入り込まれる。押し上げられるように、制御《せいぎょ》できない大きな波に体を震《ふる》わせて達した。どく、と普段《ふだん》よりも多い量の白濁《はくだく》が吐《は》き出され、腹の上が温かく濡《ぬ》れる。それでも快感が一気に消える事はなく、熱い波が胸や頭の方に迫《せ》り上がって、ぐらりと視界が揺《ゆ》れる。

無意識に背中を反らせると「さく」と呟《つぶや》くように呼ばれ、内側で加藤が吐精するのを感じた。

「ふ……ぁ」

吐き出した物をより奥の方まで送り込むように、腹の中で性器が脈動する。

真っ赤な隘路《あいろ》を白くて粘《ねば》ついた加藤の物が満たしていく様を想像して、ぎゅうっと足を閉じると、耳元で加藤が小さく呻った。

「朔、一回抜かせろ」

焦《あせ》ったような声が意外で、ふっと笑《え》みが漏れた途端《とたん》に体の強張《こわば》りがとけていく。

加藤が体を起こすと、中を満たしていた物がずるりと抜かれた。だけど太い性器で開かれた場所は閉じきっていない気がした。まだ中を拡げられている感覚に、思わず視線を落とすと、濡れた自分の性器が目に入って、先程まで遠のいていた羞恥心《しゅうちしん》が戻ってくる。達したはずなのに、まだ満たされずに張《つ》り詰めているのが恥《は》ずかしくなる。まるで色狂《いろぐる》いみたいじゃないかと、慌《あわ》ててベッドの下に落ちていたシャツを羽織る。

加藤と何か話すのが怖《こわ》くて恥ずかしくて、気付かれないうちにベッドを下りようとした。体温との温度差で足を突いた床《ゆか》を氷のように感じた。しかし立ち上がる事は叶《かな》わなかった。腰《こし》を浮《う》かしたときに、加藤に腕《うで》を取られる。

「どこに行くんだ？」

体は一度達してもまだおかしいままだった。腕に触れられただけで、ぞわっと背中が震える。

「帰る前に……風呂《ふろ》に、入らないと」

もうすぐ終電の時間だから、と急いだ気持ちがあった。

理由を説明しても、腕は離して貰えない。もしかして勝手に風呂を使われるのが嫌《いや》なのかも知れないと思ったときに、唐突《とうとつ》に加藤は俺の腕を引き寄せて、ベッドの上に押し倒《たお》す。

戸惑《とまど》っていると、足を開かされた。先程まで男を咥《くわ》えていた場所を見られるのが嫌で、隠《かく》そうと伸ばした手を摑《つか》まれる。

「まだ終わってねぇよ」

「あ、……でも」

「風呂には、俺が入れてやる。中に出す分、後で綺麗《きれい》に掻《か》き出してやるから、いいよな？」

質問のようで質問ではなく、許可を求めるようでいて俺の許可は最初から必要ない。

その証拠《しょうこ》に、返答を口にする前に唇《くちびる》を塞《ふさ》がれる。一回出せば、それで終わりだと思っていた。

舌を舐《な》められながら胸の先を指で弄《いじ》られて、腰がびくびくと跳《は》ねた。尖《とが》った先を引っ張られると、だらしない性器の先からとろりと出し切れなかった白濁が零れる。

「……っ」

「お前のもまだ満足してねぇだろ」

「あ……だ、め。俺」

「誰《だれ》にしこまれたんだか知らねぇが、やらしいな。どこ触《さわ》られても感じるのか？」

不愉快《ふゆかい》そうに笑って、指で胸の先を卑猥《ひわい》な仕草で抓《つね》られる。

「あっ」

普段は意識しない場所だが、加藤の爪《つめ》が引っかけられて、爪先《つまさき》でぐにぐにと押されると堪《たま》らない気分になった。切なさに膝頭《ひざがしら》を無意識に摺《す》り合わせると、胸の先から離《はな》れた手が先程《さきほど》まで加藤が入っていたところに這《は》う。ぐちゅりと音がして、注がれたことを思い出す。

否応《いやおう》なしに頰《ほお》に血が上ると、唇が押し付けられる。

「やるときいつもこんな風になるのか？」

「いつもって、知らない、です」

既《すで》に一度受け入れているので、ろくな抵抗《ていこう》もない。体の中を弄られて、ぞくぞくしながら電流のような快感に耐えていると「噓《うそ》を吐くなよ」と、目の前の唇が低い声で呟く。

「噓、じゃ……ない、です」

加藤の手は勃《た》ち上がった下肢《かし》に伸びる。

手の中で擦《こす》られると、くちゅくちゅと粘ついた音が静かな室内に響《ひび》いた。

「っ、ん……あ、ぁ」

「朔、お前の体、凄《すご》く熱いな。あと一回じゃ、やめてやれそうにない」

「ん、ぁ」

「好きだ」

胸の奥がざわりと動く。だけどすぐに、これが加藤の本心ではない事を思い出す。

加藤は別に俺が好きなわけじゃない。例の神様によって操られているだけだ。今こうして抱《だ》かれているのだって、加藤の本意じゃない。そう思い出した途端、頭の中心がすっと冷めた。

――俺の体の熱も、あなたの瞳《ひとみ》に宿る熱も、全部偽物《にせもの》だ。

そんな台詞《せりふ》を飲み込んでシーツに頰を擦《こす》り付けると、痛くもないのに泣きそうになった。

◆◆◆

朝から気分が浮かないのは、下腹部が異常に痛むからという理由だけではなかった。していている最中は気持ちがいいだけだったのに、気絶するように眠《ねむ》りに落ちて、目覚めた瞬間《しゅんかん》から体調は最悪だった。それでもどうにか服を着て加藤の家を出て、ちょうど走っていたタクシーを拾って帰ってきた。

体は加藤によって綺麗にされていて、その事を考えると羞恥が芽生えたが、体調が悪くて羞恥にのたうち回る元気もない。俺の横で眠っていた加藤は、出ていくまで目覚めなかったので青ざめた顔を見せずにすんだが、その分家にいた祖母に心配された。

「そんな体調じゃ、お母さんに会いに行けなくてもしかたないわね」

そういえば今日は年に何度かある母親との食事の日だったと思い出す。といっても、毎回参加しているのは母親と祖母だけで、弟達も俺もあまり顔を出してはいない。

「特に話すこともないし、俺は別に体調が悪くなくても、参加しなかったよ」

長年俺たちを働いて養ってくれていた母親に対し、恨《うら》みはない。

勿論《もちろん》その再婚《さいこん》相手に対しても負の感情はない。ただ俺が就職してからも残業を断って家に帰ってきていたのは、夜勤の母親に代わって弟達の面倒《めんどう》を見る為《ため》だった。なのに本当は仕事ではなく男と遊んでいたと分かったときは、失望した。

母親だから遊ぶ間もなく働けとは言わないが、俺だって年相応に遊びたい気持ちはあった。

「それに正月は仕事が忙《いそが》しくて時間が合わなかったけど、お盆《ぼん》は会っただろ？」

親との間に何もなくても、一人暮らしの社会人だったら年に一度顔を合わせる程度の距離《きょり》感《かん》は、別に珍《めずら》しいことじゃない筈《はず》だ。

するると、はあ、と息を吐《は》き出して祖母は「お母さんはきっと、あなたに許されてないと思ってるのよ。だから会いたがるの。恨んでないなら、安心させてあげなさい」と口にする。

確かにその通りかもしれない。だけど、顔を合わせて適当な話をするのが面倒だった。

お盆のときのように、特に話すこともなく無言の時間が続くのも鬱陶《うっとう》しい。

「今度電話するよ」

俺がそう言うと祖母は「本当にそうしてね」と念を押してから、棚《たな》から抽斗《ひきだし》を一つ抜《ぬ》いてダイニングテーブルの上に置く。

「それで、どんな風に体調が悪いの？」

抽斗の中には様々な薬や包帯が詰め込まれている。どんな風にと言われても、下半身が怠《だる》く重いなんて事もその理由も言えない。女子の生理痛はこんな感じなのだろうか。どう説明すべきか迷っていると、薬箱の中に「頭痛・生理痛」と書いてあるパッケージを見付ける。

「頭が、痛い」

そう口にしてパッケージを手にすると、「病院行ってきたらどうかしら」と言われた。

「いや、ちょっと悩《なや》み事があって寝不足《ねぶそく》だから、そのせいなんじゃないかな」

たとえ見知らぬ土地の病院であっても、受診《じゅしん》したくない。

下半身が気怠い理由の説明を求められても、正直に答えられるほど俺は勇敢《ゆうかん》じゃない。

「仕事でなにか、辛《つら》い事でもあったの？」

「最近いろんな事がうまく行かなくて」

「じゃあ、あそこの神様にお祈《いの》りしてくるといいわよ。ほら、あの、昔の商店街のところ」

「……もしかしてあの小さな祠《ほこら》の？」

全《すべ》ての元凶《げんきょう》である、自称《じしょう》神様の姿が脳裏《のうり》を過《よ》ぎり、余計に体調が悪くなった気がした。

「そうそう。あそこは憑《つ》き物落としの神様だから。悪霊《あくりょう》とか不運を追い払《はら》ってくれるのよ」

むしろその神様に憑かれて困っている、という言葉を飲み込む。

悪意があるのかないのかは分からないが、余計なお世話を焼かれておかしなオプションを付けられた結果、折角《せっかく》の休日にありえない場所の痛みで悩むはめになった。

「今度行くよ」

これ以上神様について話す気にはならなかったし、立っているのも辛いので薬を持って部屋に引っ込む。水無しで飲めるという説明書きを信じて錠剤《じょうざい》を口に入れ、ベッドに倒《たお》れ込んだ。

ふと加藤はもう目覚めている頃《ころ》だろうか、と考える。

勢いで寝てしまったから、次に会ったときにどんな顔をすればいいのか、分からない。

そもそも一夜を共にした後で、何も言わずに帰ってしまって良かったのだろうか、と少し不安になる。だけど、一緒《いっしょ》に朝を迎《むか》える様なんて想像もできない。思い返すだけで顔が熱くなる。

「あんな格好を見られて、あんな声聞かれた後で冷静に振《ふ》る舞《ま》えるわけない」

困った事態なのに、抱かれてからずっと頭がぼんやりしていた。それも自称神様のせいかと思ったが、ふわふわした華《はな》やかな気持ちは体の熱がすっかり冷めてからも、ずっと続いている。

暖かい微睡《まどろみ》の中を漂《ただよ》っているような感覚は、初恋《はつこい》の相手を想《おも》うときのそれによく似ていた。

「俺、これでもう部長と恋人《こいびと》同士なんだな……」

これは加藤の意志を無視した行為《こうい》だ。そうと分かっているのに、「好きだ」という加藤の言葉を思い出すと、苦しいほど満たされた気分になった。

そんな風に土日はずっと加藤の事を考えていたので、月曜日に会社で顔を見たときは自分の心臓が激しく鼓動《こどう》するのを感じた。

定例会議から戻《もど》ってきた加藤は、別段いつもと変わりない様子だった。

気を抜くと顔に出そうで、感情を押し殺すのに苦労する。

「いきなりだが、一時間後に十分だけミーティングを行う。都合がつかない奴《やつ》はいるか？」

異を唱える者はいなかった。

部内ミーティングは、通常部屋を移動することなくオフィスで行われる。今回もそうだった。一応隅《すみ》にあるホワイトボードの前で立って行われるので、メモを持って立ち上がる。

規制はかかったままだったが、加藤と寝たのだからきっとプロジェクトは再始動すると思っていた。だから今回のミーティングはそれに関する事だと疑いもしなかったが、内容は別件や最近の設備トラブルに関する事だった。

「話は以上だ。俺は来週出張が入ったから、何か懸案事項《けんあんじこう》があるなら早めに報告しろ。誰《だれ》か質問はあるか？」

加藤が視線を巡《めぐ》らせる。俺はつい「あの」と声をかけた。

「あの、例のプロジェクトに関しては、どうなったんですか？」

加藤は特に表情を変えずに「その件については先週言ったとおり、中止だ。他《ほか》には？」と事務的に口にする。その言葉に衝撃《しょうげき》を受けて固まると、訝《いぶか》しげな視線を向けられた。

「……いえ、ありません」

慌《あわ》てて繕《つくろ》うようにそう言ってから、自分のデスクに戻る。

――なんでプロジェクトが元に戻らないんだ？　もう、これで願いは叶《かな》った筈なのに。

その日は一日中、仕事に身が入らなかった。加藤はミーティングが終わった後すぐに社外に出てしまったので、プロジェクトの件はそれ以上尋《たず》ねられなかった。

加藤に尋ねられないなら、例の小さいのに聞くしかない。終業時間を待って、祠に急いだ。

早い時間なのに、相変わらず人通りがない寂《さび》しい路地裏に入ると、今回は珍しく先客がいた。

「どうなってるんだよ！　こんなにすぐ別れさせられるなんて聞いてねーよ！」

頭を掻《か》きむしった後で、手に持った鞄《かばん》を祠に投げつけているのは中年男性だった。

俺の親世代ぐらいの年齢《ねんれい》に見える。真新しく高級なスーツを着ていたが、顔は酷《ひど》くやつれていて髪《かみ》はべっとりと粘《ねば》り、しばらく風呂《ふろ》に入っていない様子だった。

「願いを叶えてくれるんじゃなかったのかよ！　責任とれよ！　責任とれ！　責任……」

男が喚《わめ》いていると、ぎしぃと嫌《いや》な音を立てて祠が開く。出てきた神様は手に鎌《かま》を持っていた。

「それが私に対する言葉ですか？　そもそも願いは〝付き合う〟ところまでです。期間が一日か一生かはお約束していません。貴方みたいな人間が、理想の相手と一瞬《いっしゅん》でも付き合えた事を感謝しなさい。これ以上騒《さわ》ぎ立てるとタマ狩《が》りしますよ」

神様がそう言って鎌を振り上げる。すると中年男性は「ひっ」と声を漏《も》らして最後に捨て台詞《ぜりふ》を吐くと、そのまま俺の存在なんて目に入らない様子で逃《に》げていった。

自称神様はやれやれと首を振った後で俺の存在に気づいて、「おや」と片目を眇《すが》めた。

「今のは……」

「キャンペーンの先着第二号です。私の力で想い人と付き合えたのに、ろくに感謝もしない見下げ果てた人間です。流石《さすが》の私もプンスカしますよ、全く。それで、貴方《あなた》は何の用なんです？」

不機嫌《ふきげん》さを隠《かく》しもしない神様は、鎌に付いた土や草の根を指先で鬱陶《うっとう》しそうに払う。

どうやらそれは人間の魂《たましい》や睾丸《こうがん》を刈《か》り取る物ではなく、雑草を刈り取るための物のようだ。

「俺の願いは叶った。だからもうトラブルを起こすのはやめてくれ」

「願いが叶ったとは？」

「……先週の金曜日に、部長と……したから」

こんな事を告白するのは恥《は》ずかしいが、これで漸《よう》く縁《えん》が切れると清々した気持ちもあった。

「貴方達がまぐわったのは知っていますが、だからなんです？　いい歳《とし》して一回やったぐらいで恋人気取りだと笑われますよ。実際、加藤孝秋も貴方と付き合ってるとは思ってませんしね」

小さいのは憐《あわ》れむような目で俺を見つめて「童貞乙《どうていオツ》」と口にした。

こんなやつに恋愛《れんあい》の事を諭《さと》されたくないが、道理で土日に何も加藤から連絡《れんらく》が無かったはずだと納得《なっとく》する。自分から浮《う》かれて連絡をしなくて良かった。

「っ、じゃあもう俺が部長に好きだって言えばいいんだろ!?　明日言うから、そしたらトラブルを起こすのはすぐやめろよな！　プロジェクトも元に戻せ！」

勘違《かんちが》いした事も恥ずかしかったし、付き合っていると思っていたから落胆《らくたん》した事を誤魔化《ごまか》すように怒鳴《どな》りつけると、自称《じしょう》神様はきょとんとした顔で首を傾《かし》げる。

「プロジェクト？　一体何のことです？」

「俺たちのプロジェクトを頓挫《とんざ》させただろ！　あと、俺の体に変な仕掛《しか》けをするのもやめろ！」

「貴方の体に仕掛けをしたのは確かですが、プロジェクトなんて知りません。それに男同士の破瓜《はか》の痛みは相当だと聞いたから、わざわざ発情設定をオプションで付けて差し上げたのに」

一瞬どういう事か分からなかったが、規制がかかって中止になったのが自称神様の仕業《しわざ》ではないと聞いて、自分が先走ってしまった事に気付いた。プロジェクトを元に戻すために抱《だ》かれたのに、自分が見当外れの事をしていたと分かり、ぐわんと頭が揺《ゆ》れる。

「と　とにかくもう構うな！　オプションも外せ！」

「だから、構われたくないならさっさと恋人になってしまえばいいんですよ。そしたらその先は好きにすればいいじゃないですか。全くワガママばかりの嫌な人ですね。付き合った一時間後に別れても良いんですよ。さっきの方みたいにね。尤《もっと》もさっきの方はふられた様ですが」

小さいのはにやりと笑うと、祠《ほこら》の中に戻ってしまった。バタンとしまった扉《とびら》を眺《なが》め、その提案について検討する。言われるまで、その方法には気付かなかった。

加藤の気持ちを受け入れて、付き合ってしまえばいい。その途端《とたん》、神様が仕掛けた呪《のろ》いだか神通力だかの効力が切れるなら、加藤は正気に返って俺を捨てるだろうから、一日で願う前の状態に戻れる。そうすれば閉じ込められる事も、命の危険もなくなるだろう。

「それが一番、手っ取り早いのかもな」

小指の痛みに悩《なや》まされなくても済む。それは分かっていたが、いざ加藤と付き合うとなると複雑だった。あの夜、体に触《ふ》れた指の快感を思い出すとその途端に足が竦《すく》む。

それに加藤が正気に戻れば、好きだという台詞《せりふ》は、もう二度と俺には向けられなくなる。そう思ったら、無性《むしょう》に切なくなった。

◆◆◆

やっぱりあいつは疫病神《やくびょうがみ》かもしれないと、会社に掛《か》かってきた電話を取りながら思った。

直談判《じかだんぱん》した翌日に、書類の受け渡《わた》しで加藤に触れてしまったが、そのときは体が熱くなる事はなかった。代わりに顔は熱くなったが、異常なほどではない。プロジェクトは未《いま》だ再開の目処《めど》はたっていなかったが、二人きりで閉じ込められる事はなくなった。

それは俺の方が、二人きりになるような状況《じょうきょう》を避《さ》けてるせいもある。

一度、準備のために会議室に入ってそこに加藤がいたのを見たとたん回れ右をしたら、「おい」と明らかに不機嫌な声を掛けられたが、聞こえないふりをして逃げてしまった。

以前資料室で「逃げるな」と言われたことは覚えていたが、逃げずには居られない。

あんな風に体を繋《つな》げて、全部曝《さら》け出した相手とまともに顔なんて合わせられるわけがない。

——それに、今は俺のことを好きだからいいとしても、正気に返ったら絶対に忘れたいと思うに決まってるしな。

　だからこれ以上距離《きょり》をつめないことが大事だ。そうすれば事態は悪くなることはないだろうと思っていた。しかし不幸は別の形でやってきた。

『もしもし、寺山望《のぞみ》君のお兄さんですか？　私、望君が通う学校の者ですが』

　学校からの電話で、長弟が学校で同級生にケガをさせた事を教えられ、思わず腕時計《うでどけい》を弄《いじ》る。

『出来れば本校までご足労願いたいのですが』

「あの、相手の子のケガは……」

『ケガ自体は大したことはないんですが……。とにかく、状況を詳《くわ》しくご説明したいのですが、お仕事は何時頃《ごろ》に終わりますか？』

　頭の中で午後の予定を考えてから、「七時には伺《うかが》えると思います」と口にした。

　弟の気性が荒《あら》いのは知っていたが、思春期特有の物だと思っていたので、あまり気に病《や》んだ事はない。今回も大した事はないだろうと、それほど真剣《しんけん》に捉《とら》えていなかったが、三者面談以外で呼び出されるのは初めてで、その点は気になった。

　とにかく残業にならないようにと弟の事を考えながら仕事をしていると、隣《となり》の席の女子社員から「すみません、取引先なんですが、代わってもらえませんか？」と受話器を差し出された。

　事情を尋《たず》ねても「なんだか怒《おこ》ってるみたいで」と要領を得ない返答があるだけなので、訝《いぶか》しく思いながら保留を解除する。覚悟《かくご》していたが、クレームの電話だった。内容は女子社員のミスに関する物で、俺が隣の席に視線を向けるのと、彼女が立ち上がるのは同時だった。

逃《に》げるような動きに、流石に女性に甘いと言われている俺でも苛立《いらだ》ちを覚える。電話の相手の言い分を一通り聞いて、とりあえず事実確認《かくにん》して謝罪に伺いたいと口にして通話を切った。

彼女を呼び寄せようとしたが、オフィスには既《すで》に姿がない。

トイレにでも行ったのだろうかと思ったがいつまで経《た》っても帰ってこない事に嫌《いや》な予感がして、部内の人間のスケジュールをPCで確認すると、彼女は既に退勤処理がされていた。

「は？」

早退は上長への報告義務があるので、加藤が不在時に責任を握《にぎ》っている主任にデスク越《ご》しに早退について尋ねると「体調不良で帰るって言われたけど、なんかあったの？」と訊かれた。

どれだけ舐《な》められてるんだ、と情けない気持ちで事情を説明すると、主任は呆《あき》れと同情が半々に混ざった顔で「マジで？　自分のミスなのにあの子帰っちゃったの？　謝罪に行くなら付いていってあげたいけど、俺もこれから出なきゃだしな」と自分の額を指で擦《こす》るように撫《な》でる。

「とりあえず会社出る前に一応、加藤さんに報告してよ」

主任の言葉にまた「指導不足」の烙印《らくいん》を押される事を覚悟して、携帯《けいたい》から加藤に連絡を取る。

仕事だというのに電話を掛ける前に少し躊躇《ちゅうちょ》してしまったのは、あの夜のことを少しも忘れられないからだ。しかし今はそんな事を言っている場合ではない。

取引先と女子社員の事を説明して返答を待ったが、加藤は沈黙《ちんもく》していた。怒るのを通り越《こ》して呆れているのでは、と身構えていると『一時間待て。俺も一緒《いっしょ》に行く』と返された。

「でも、部長……今かなり遠くに居るんじゃないですか？」

部長のスケジュールは確認していないが、小指の痛みで分かった。

『俺が行った方が話が早い。それからお前、あのインシデントと担当替われ』

「え？」

『彼女は仕事から外す。先方にはアポ取っておけよ』

その言葉に「はい」と返して、電話を切る。加藤はもう女子社員を名前で呼ぶ気もないらしいと分かり、空席になった隣のデスクを見た。

一体今後彼女の待遇《たいぐう》がどうなるかは分からなかったが、今はそれを心配している時間はない。

先方との問題を正確に把握《はあく》するために早退した彼女に電話したが、通じなかった。諦《あきら》めて主任のＩＤ権限を使って彼女のＰＣを開き、メールや必要なファイルを確認した。

宣言通り、一時間後に戻《もど》ってきた加藤と会社の前で待ち合わせをして、加藤の車に乗り込む。

部屋と同じく綺麗《きれい》な車内で助手席に座るのは、状況が状況だというのに緊張《きんちょう》する。

二人きりになるのはあの夜以来だ。ふとクレームも自称《じしょう》神様の仕業かもしれないと思ったが、プロジェクトの件をそう勘違《かんちが》いしたせいで越えるつもりのない一線を越えてしまったので、敢《あ》えてそこを追及《ついきゅう》するのはやめた。

「詳しい状況を話せ」

不機嫌《ふきげん》さを滲《にじ》ませた声に、余計な事は頭の隅《すみ》に追いやって、状況を説明する。

女子社員の言い分を聞いていないが、今回の件は完全にこちら側のミスとしか思えなかった。

先方とは逐次《ちくじ》的な関係ではなく、加藤が別部署にいたときからの長期継続《けいぞく》的な取引関係なので、ここで揉《も》めるのは得策じゃない。幾《いく》ら何でも今回の一件で取引自体が終了《しゅうりょう》する事はないだろうが、電話口の担当者の様子からすると、可能性が絶対にないとも言い切れない。最悪の結末になった場合の算段を立てていると、信号で停《と》まったときに加藤が飴《あめ》をくれた。

「あの、なんですか？」

脈絡《みゃくらく》なく渡された飴には、状況にも加藤が持っているにも相応《ふさわ》しくない可愛《かわい》らしさがある。

「糖分。食って落ち着け。疲《つか》れたときは甘い物だってどっかの馬鹿《ばか》も言ってたしな」

加藤の視線が俺の手首に向けられ、自分がまた無意識に時計を弄っていた事に気付く。

戸惑《とまど》いながらも、包装を破ってピンクのそれを口に入れた。かろ、と歯に当たって音が鳴る。

甘い物を食べたぐらいで落ち着ける状況じゃなかった筈《はず》なのに、舌にじわりと広がるミルクと苺《いちご》の風味に少し肩《かた》の力が抜《ぬ》けた。

「部長は、いつも泰然《たいぜん》としてますよね」

「お前よりは長く生きてるからな」

「動揺《どうよう》する事ってないんですか？」

もし神様に願いをかけたのが加藤なら、俺みたいに、二進《にっち》も三進《さっち》も動けなくなる状態には陥《おちい》らなかっただろう。

「寝《ね》た相手が、翌朝いなくなってたときは動揺したな」

部長でも置き去りにされたりするんですね、と言いかけて、それが俺の事だと気付く。

「すみません。あの日は、用事があって」

ばればれだと分かっていても、言い訳を口にせずにはいられなかった。

「その日から避《さ》けられたから、セックスが下手だったのかと悩《なや》んだ」

「避けたのは、どういう顔したらいいか分からなかったからで、そ、そういうんじゃないです。下手じゃ、なかったですし。比較《ひかく》対象はないんですけど」

しどろもどろに言い訳をしていると、くすりと加藤が笑う。

「冗談《じょうだん》だ。それに、お前が俺と寝たのは同情だろ。翌朝まで付き合えとは流石《さすが》に言えない」

それに対して何も返せなかったが、あの日加藤に抱《だ》かれた理由は同情だけではない。

無責任な願いによって引き起こされた事への責任感だけでもない。そうじゃなければあの日からずっと、加藤の事ばかり考えている事に対する説明がつかない。抱かれた翌日は体が辛《つら》くて堪《たま》らなかった筈なのに、思い出すのは痛みではなく、甘い記憶《きおく》ばかりだ。どこを舐められたか、何を囁《ささや》かれたか、加藤がどんな目で俺を見ていたのか。記憶をなぞる度《たび》に胸の奥が熱くなる。だけどその度、加藤は惑《まど》わされているだけだという事を思い出して凹《へこ》む。

それでも自覚したばかりの気持ちは秘密にするには重すぎて、こんな風に二人きりだと口にしてはいけない事を話してしまいそうで、それを避けるために飴を舌の上で転がした。

苺味の飴がすっかり溶《と》けてなくなる頃《ころ》、先方の会社に近い機械式駐車《ちゅうしゃ》場に着く。

目的のビルはファストフード店に挟《はさ》まれて居心地《いごこち》悪そうに建っていた。

カウンターの女性に用件を告げてオフィスに入り、担当者と思《おぼ》しき社員を紹介《しょうかい》されてすぐに頭を下げた。

先方の担当者は最初は硬い表情だったが、加藤が頭を下げると「まあ、加藤さんにはお世話になってるし、再発防止に努めて貰《もら》えるなら大事にはしないよ」と態度を軟化《なんか》させた。

事務的なやりとりをして、最後に向こうの社長と加藤が挨拶《あいさつ》を交《か》わしてから、ビルを出る。

今後取引を継続するにしろ、何らかのペナルティが付くと思っていたので、予想したよりも簡単に事態が収束した事に驚《おどろ》く。電話の様子ではろくに話も聞いて貰えなそうな口振《くちぶ》りだったから、加藤が同行したのが良かったのだろう。

「お手数かけてすみませんでした」

駐車場まで向かう途中《とちゅう》で謝ると、加藤は「大事に成らなくて良かった」と言った。

駐車場に着いたときには、もう終業時間を過ぎていた。

「なんか食って帰るか?」

加藤からの申し出に「すみません、これから学校に呼び出されていて」と答える。

身内の恥《はじ》を晒《さら》すようでみっともないが、ただ断ると先日の件を引きずっていると思われそうで、学校からの電話の内容を簡単に説明した。

約束の時間が近いが、会社に戻らずに電車に乗れば何とか間に合いそうだ。遅《おく》れるわけには行かないので、謝罪に同行させた後で言い出すのは気が引けるが、恐《おそ》る恐る直帰を願い出る。

「じゃあ送ってやるよ」

「悪いですから」

「この間の夜の借りだと思えばいい。あの夜の事は割り切っておきたいだろ?」

平然とそう口にする加藤は、どれだけそういう夜を過ごしてきたのだろうか。

俺にとっては、人生に関《かか》わるほどの一大事だったけれど、加藤にとってはその程度の事なのかと少し蟠《わだかま》りを覚える。勿論《もちろん》、寝たのだからとこれからも関係を強要されても困るけれど。

「すみません。それではお願いします」

道はナビに頼《たよ》った。道中に弟にメールをすると『来なくて良い』という返信が来た。

小さい頃は懐《なつ》かれていたが、中学の頃から反抗《はんこう》的になり、今では鬱陶《うっとう》しいと思われている。

俺だって出来れば干渉《かんしょう》したくはないが、口を出したくなる状況《じょうきょう》を作っているのは弟だ。

「部長は、ご兄弟はいないんでしたよね？」

『首を洗って待っとけ』と送信してから、運転席の加藤に尋《たず》ねる。

「上に一人居るが、一回り以上違《ちが》うから殆《ほとん》ど会わないな。お前の所は下に二人だったたな」

「はい。下の弟の方はまだ良いんですけど、上がよく問題を起こすんです」

「その度にお前が出向いてるのか？」

「高校に行くのは初めてですけど、俺が親代わりなので」

「母親は確か再婚《さいこん》したんだったな」

その辺りの事情は、残業が出来ないと言ったときに伝えている。

「険悪なわけじゃないんですけど、もう別の家庭を持ってますし、甘える歳《とし》でもないですから」

祖母は家にいるが、事情を話して心配させたくない。

高校に着くと、加藤は裏門の脇《わき》に車を停めた。

「ありがとうございました。今日は、本当にすみませんでした」

「ここで待ってる」

「え、でも、何時に終わるか分かりませんから」

「いいから行って来い。もう約束の時間だろ？」

確かに押し問答をする時間はなかったので、頭を下げて車を降りる。

クレーム対応した後に、弟の尻拭《しりぬぐ》いなんて勘弁《かんべん》して欲しいと思いながら、社章を外してポケットに入れ、裏門を潜《くぐ》って来客用の玄関《げんかん》に入る。

その場に待機していた教師に名乗ると、「お待ちしてました」と中に案内される。

校長室横の応接室のドアを教師がノックしてから開けると、室内には弟以外に男子生徒が三人、その保護者や教師がずらりと揃《そろ》っていた。生徒の一人は泣いたのか目が真っ赤だし、残り一人は頬《ほお》が明らかに腫《は》れている。もう一人もシャツのボタンがはじけ飛んでいた。ケガをさせたとしか聞いてなかった。その相手が三人もいるなんて想像もしていなかった。

「寺山さん。どうぞ、望君の隣《となり》の席に」

促《うなが》されて、傷ついた様子もなくけろりとした姿の弟の隣に座る。弟は「来なくてもいいって言ったろ」と鬱陶しそうに口にした。ぶん殴《なぐ》りたくなるのを、どうにか耐《た》える。

「それでは時間ですので、始めさせて頂きます。まず今回の経緯《けいい》を説明致《いた》します」

担任と思しき教師が話し出す。

経緯は簡単だった。移動教室を無断欠席した男子生徒四人がトイレで暴れていると報告があり、教師が向かい喧嘩を止めたというのが今回の事のあらましらしい。

「主張が食い違うのですが、三人は一方的に暴行を受けたと言っていますが、報告者は寺山君が羽交《はが》い締《じ》めにされて暴行を受けていた、と主張しています。寺山君本人はただの喧嘩だと言っていますが……」

教師がそこまで言ったところで、保護者の一人が「うちの子が暴力を振《ふ》るったっていうんですか？　見てくださいよ！　殴られてるのはうちの子の方でしょう？」と声を荒《あら》らげた。

望はヒステリックな女性が苦手なので、あからさまに顔を顰《しか》めてそちら側の耳を手で塞《ふさ》ぐ。

「しかし、体育の時間に三人が集中的に寺山君にボールをぶつけていたという目撃《もくげき》証言も……」

「授業中の事でしょう？　熱中していたらボールが当たる事だってあるわよ！」

興奮して喋《しゃべ》る保護者を見てから、その横に居並ぶ高校生達を見る。三人ともいかつい体をしていた。それに較《くら》べて弟は身長はあるが、痩《や》せている。

この体格差で三対一だった事と、報告者の証言があるから、教師は弟に同情的なのだろう。

しかし俺は弟の性格を知っている。先に手を出したのが弟ではないと、自信を持って言えない。

「報告したのがPTA会長の息子《むすこ》だから、先生達は寺山の味方なんですよね」

不意に、目を赤くした生徒が馬鹿《ばか》にするように言った。すると、途端《とたん》に先程《さきほど》まで黙《だま》っていた他《ほか》の保護者が「ちょっと、なんですかそれ」「説明してください」とざわめき出す。

「そういう事ではありません。落ち着いてください。それにボールの件は、他にもたくさんの生徒が見ています」

教頭の台詞《せりふ》に、「でも」とボタンが取れた生徒が口を挟《はさ》む。

「体育のやつはふざけてただけですよ」

他の二人も頷《うなず》いて「あれは遊んでただけです」と同調する。横の保護者も「うちの子達がふざけてたのを、その子が大袈裟《おおげさ》にとって暴力を振るったのね」と吐《は》き捨てた。

すると、弟が「はは」と声を出して笑う。「おい」と咎《とが》めたが悪びれた気配もない。

再婚した母親に家を出る事を勧めたのも、新しい父親とは一緒《いっしょ》に住めないと言ったのも弟だったが、実際母親がいなくなると弟はやけに好戦的な性格になってしまった。

「トイレのやつもふざけてただけだけど？　体育の時間は楽しかっただろ？　俺もトイレの時間は楽しかったよ。またいじめごっこやろうな。次はクラスのみんなとお前等とで」

弟がにこりと微笑《ほほえ》むと、三人の生徒が青ざめた。その様子からすると、見える場所以外にもダメージを負っているかもしれない。思わず弟の後頭部を叩《たた》いた。

「っ、朔、てめぇ」

弟を無視して座っていたソファから立ち上がり、ケガをした生徒の保護者に頭を下げる。

「今回は本当に申し訳ございませんでした」

この台詞は今日二回目だ。

謝る俺の横で弟は「まるで俺が悪いみたいじゃん」と不服そうに唇《くちびる》を尖《とが》らせる。

「いいから、お前も謝れ」

しかし弟はふて腐《くさ》れたように視線を逸《そ》らして黙り込む。体ばかり大きくなって、子供っぽい態度しかとれない弟に溜《た》め息を吐き出すと、教師が「寺山さんもこう言ってますし、今回のはお互《たが》いふざけあってただけ、ということで」と口にする。

保護者は納得《なっとく》していないようだが、校長が喧嘩両成敗《けんかりょうせいばい》の方向で説得してくれた。最後は和解の印に当事者達で謝らせようとしたが、弟も被害者《ひがいしゃ》三人も謝罪は口にせずに、解散になった。

根本的に解決していないが、加藤を待たせているので長引かなかったのだけは良かった。

「余計な事言うぐらいなら来なくて良かったんだよ」

下駄箱《げたばこ》で靴《くつ》を履《は》き替《か》えた弟と一緒に裏門を出ると、迷惑《めいわく》そうに愚痴《ぐち》られる。

「理由があっても、あんなに顔が腫れるまで暴力を振るったお前が悪いだろ」

「はあ？　なんでそんなの朔に言われなきゃなんないんだよ。事情も知らねーくせに」

こういうとき親なら上手《うま》く叱《しか》れるだろうが、兄では威厳《いげん》が足りなくて一喝《いっかつ》するには至らない。

その上、悔《くや》しいが喧嘩では弟には及《およ》ばないので、恐怖《きょうふ》政治で言う事を聞かせるのも無理だ。

「とにかく、話は家に帰ってからだ」

路肩《ろかた》に停《と》めた車と、その運転席に座る加藤が目に入って、そう口にする。

「帰らねーよ。今日は友達のところに泊《と》まるから」

もう一発叩いてやろうかと思ったときに、背後から「ちょっと」と声を掛《か》けられた。

振り返ると、先程ヒステリックに喚《わめ》いていた保護者の女性と憤怒《ふんぬ》の形相をした男が立っていた。

男のジャケットには社章が付いているから、俺と同じく会社から直接来たのかもしれない。

先程の話し合いにはいなかったから、間に合わなかったのだろう。

「うちは納得してませんから！　診断書《しんだん》とったら警察に駆《か》け込むつもりですから！」

二人の後ろでは目の赤い生徒がにやにや笑っていたが、うちの弟が軽く睨《にら》むと途端に俯《うつむ》く。

「うちの愚弟《ぐてい》が本当にすみませんでした。ただ、今回の件は双方《そうほう》に行き違《ちが》いがあったから起こった問題だと思っています。弟には家に帰ってからよく反省させますので」

「双方って、うちの子も悪いっていうのか!?」

鋭《するど》く響《ひび》くような大きな声で怒鳴《どな》った父親に、頭が痛くなる。

ただでさえ今日は後輩《こうはい》に対する指導不足からクレームを起こしているのに、これ以上加藤に情けない姿を見られたくない。私生活でまで指導力が不足していると思われそうだ。

弟は夫の援護《えんご》射撃《しゃげき》を受けて騒《さわ》ぐ母親を見て、「うざ」と呟《つぶや》く。

業火《ごうか》にガソリンを注ぐ弟を、殴《なぐ》り倒《たお》したい気持ちを抑《おさ》えて謝っていると、肩《かた》を軽く叩かれる。

振り向くといつの間にか車を降りた加藤が後ろに立っていた。話し合いの最中に割り込まれた事にも戸惑《とまど》ったが、それよりあまり見せない仕事用の笑顔《えがお》を浮《う》かべている事に驚《おどろ》く。

「こちらは？」

そう言われて半ば条件反射で「弟のクラスメイトの保護者の方です」と答える。

相手は突然《とつぜん》現れた加藤を胡散臭《うさんくさ》そうに眺《なが》めた。第三者の登場で一瞬《いっしゅん》毒気を抜《ぬ》かれた父親に対して、加藤は「リンドウォルムにお勤めなんですか？」と相手の社章を見ながら口にする。

「ああ。それがなんだ？　関係あるのか？」

男は自分の社章を見下ろしてから、じろじろと俺と加藤を眺める。

そこで加藤の胸に着いている社章に気付き、はっとした様子で先程までの勢いを無くす。

「御社《おんしゃ》にはいつもお世話になっておりますので、是非《ぜひ》ご挨拶《あいさつ》をと思いまして」

「あ、はい、いえ、こちらこそ、お世話になっております」

急に低姿勢になった父親を、訝《いぶか》しげに相手の高校生とその母親が見やる。

加藤が名刺《めいし》を出すと、相手の父親は青くなって「あの、加藤さんですか」と口にした。

恐《おそ》らく「あの」というのは「鬼《おに》の」という意味だろう。さすが加藤だ。功績は恐ろしい噂《うわさ》と共に、社外にまで満遍《まんべん》なく知れ渡っているらしい。

「お名前をお尋《たず》ねしても宜《よろ》しいですか？」

相手は躊躇《ためら》いながらも、名前を名乗った。自分から名刺は出さなかったが、加藤は気にした素振《そぶ》りもなく「お仕事先から直接来られたんですか？」と和《なご》やかに会話を続ける。

しかし穏《おだ》やかではあるが有無《うむ》を言わせぬ雰囲気《ふんいき》に、うちの弟ですら黙って二人の会話を聞いていた。結局名刺を出さないままでも、相手は所属部署と役職を名乗るはめになった。

「外を回っている最中に寺山が連絡《れんらく》を受けて、仕事の合間に来たんですが、最近は些細《ささい》な喧嘩で保護者が呼ばれるようですね。ある程度は子供同士で解決させるべきだと思いませんか？」

「え、いえ、あ、はい、いや、そうですね」

小さくなる相手の父親に対して加藤は「第三営業部の課長さんでしたら、さぞご多忙《たぼう》でしょう。長話をしてしまってすみません」と、あくまでにこやかに話し合いの終わりを提示する。

「い、いえ、こちらこそ、寺山さんをお引き留めしてしまって。うちも今後は行き違いがないように息子《むすこ》を厳しく指導させて頂きます。それでは、はい、失礼します」

きょとんとしている高校生の腕《うで》を引いて、急ぎ足で来客用駐車《ちゅうしゃ》場に向かう相手の父親と、わけがわからないまま俺を睨み付けてから去っていく母親を見送る。

加藤はちらりと視線を弟に移して「送るから乗れ」と言った。弟は反撥《はんぱつ》する事はなかったが、加藤の車に乗り込むと謝罪や御礼《おれい》よりも先に「加藤さん、あの人の知り合いなの？」と訊《き》いた。

「知らねぇな。ただ会社同士の取引はあるし、向こうは俺の噂を知ってるみたいだな。会社の威光《いこう》を笠《かさ》に着るのはスマートじゃないが、まぁ使える物は使えばいい」

加藤はそう言うが、どちらかというと先程の男は会社の威光よりも、加藤を恐れていた。

「加藤さんって格好いいね。で、噂って何？」

初対面でも物怖《ものお》じしない弟からの質問に、加藤は「それは後で朔に聞け」と言った。

朔、と呼び捨てにされたのはあの夜以来で、びくんと肩が跳《は》ねる。しかし弟と区別するためだろうと、すぐに気付いて残念な気持ちになった。

望は加藤に興味を覚えたのか、色々と質問をしていたが、全部体《てい》よく流されている。

何故《なぜ》か望は加藤のそんな態度が気に入ったようで、家に着いて車を降りるときには、ちゃんと自分から「今日はありがとうございました。仕事中、すいませんでした」と頭を下げた。

「ああ」

加藤は気にした素振りはなかったが、一応弟が降りてから、俺からも改めて礼と謝罪を口にする。

「弟とちゃんと話し合った方がいいんじゃないか？」

「それは、そうなんですけど……俺の言う事を聞いてくれなくて」

「それなら母親に任せろ」

「でも、向こうは別の家族がありますし、弟は母親を恋《こい》しがるほど子供じゃないですから」

「子供だろ。お前が母親を遠ざけてるから、遠慮《えんりょ》してるんじゃないのか？」

指摘《してき》されて、子供の頃《ころ》に弟達が夜勤の母親を恋しがっていた事を思い出す。俺が就職してしばらくしてから祖母と同居するようになり、母親は更《さら》に夜勤を増やした。後で恋人《こいびと》とデートしていたのだと知り、弟達は母親を避《さ》けるようになった。俺に遠慮してというよりも、彼女に恋人が出来たのが原因だ。けれど当時と今では、母親に対する気持ちに変化が出ているかもしれない。歳《とし》を取った分、親を必要としなくなったと勝手に思っていた。

「朔。お前は基本的に自分から他人を頼《たよ》らない。それは悪い事じゃないが、処理能力を上回る案件を一人で背負う必要はないだろ。お前の母親がどんな人間かは知らない。だけど親なんだろう？　だったら巻き込んで構わないだろ。むしろそっちに振《ふ》り分けろ」

「母親は、こういうのは苦手ですから」

「お前は得意なのか？　そうは見えなかったけどな」

相手の親に責められている所や弟に舐《な》められている様を見られているので、反論ができない。

「お前が母親に失望しているのは知ってる。でも最後に試《ため》してみればいい。それで駄目《だめ》なら、

「俺が相談に乗る」

「部長が、ですか？」

「それも借りのうちだ」

加藤は俺の気を軽くするつもりで言ったんだろうが、軽い言い方にまた胸が痛む。

「あの一夜がなかったら、それでも部長は俺に手を貸してくれましたか？」

訊いてから、すぐに失言だと気付いた。しかし俺が撤回《てっかい》する前に加藤は口を開く。

「お前が望めばな」

笑いながら告げられた。先程《さきほど》、弟が喧嘩した相手の保護者に向けた笑顔とはまるで違《ちが》う柔《やわ》らかな笑みを見ていたら、急に体の芯《しん》が熱くなる。心臓がじわりと温かくなる。そこから送り出される血液が、熱を持って全身を巡《めぐ》っていく。

好きだ、とその目を見ていて思った。こんな風にいつも手を差し延べてくれるこの人に、今まで尊敬の念しか抱《いだ》いていなかったけれど、今はそれだけじゃない。抱かれた事で、明確になった気持ちが、誤魔化《ごまか》しようもないほど大きく膨《ふく》らんだ気がした。

「じゃあ、そのときはお願いします。今日はすみませんでした。ありがとうございました」

矢継《やつ》ぎ早に御礼を言って、急いで車を降りた。確認《かくにん》しなくても分かる。自分の顔が赤いのも、心臓が早鐘《はやがね》を打っているのも。恋をしてしまった。これでは神様の思い通りだ。けれど自分の気持ちを否定する気は起きなかった。

「だけど、両想《りょうおも》いになったら、加藤の気持ちは消えるんだよな」

あの日、祠《ほこら》に向かって怒鳴《どな》っていた男の姿を思い出す。滑稽《こっけい》に見えた男の姿が今の自分と重なって、恋を自覚して感じたふわふわした甘い気持ちは一瞬《いっしゅん》にして弾《はじ》けて消えた。

◆◆◆

「貴方は本当に強情《ごうじょう》ですね。もう気持ちの上では加藤孝秋を愛しているくせ、むぎゅっ」

誕生日まであと二週間と迫《せま》ったとき、会社の近くのカフェで休憩《きゅうけい》していると小さい神様が姿を現したので、慌《あわ》てて思わず手でぎゅっと押さえた。周囲を見回したが、この時期のオープンテラスに人はいない。テラスは中庭に面しているので、通行人に目撃《もくげき》される心配はなさそうだ。

「無礼な、早く放しなさい。この私をどなたと心得る。畏《おそ》れ多くも先の副……」

尊大な口調で何かもごもご言っている神様から慌てて手を放す。

得体の知れない物を触《さわ》ってしまった事と、それに触《ふ》れられた事に衝撃《しょうげき》を覚える。小さいのは手が離《はな》れるとぱっと立ち上がり、自分が着ている衣装の皺《しわ》をぱぱっと払《はら》ってから、俺を睨《ね》め付けた。

「全くコレだから二本足の羊は嫌《いや》なのです。狗馬《くば》之心を持ちなさい」

ぶつぶつと文句とも愚痴《ぐち》ともつかない台詞《せりふ》を言った後で、神様は指を二本立てる。

「ここまで私が尽力《じんりょく》したのに、まさか本当に加藤孝秋とは付き合わないつもりですか？　突《つ》き合っただけですか？　当機立断進取果敢余裕入稿《かかんよゆうにゅうこう》。誕生日まであと二週間ですよ」

「……当たり前だろ。男同士なんだから」

付き合っても二週間で別れるなら、付き合わない方が良い。加藤が神通力から解放されたときに、ただの部下にも戻《もど》れない関係を築くわけにはいかない。何より俺が傷つきたくなかった。

「それでは私のノルマはどうなるんです？　小指の糸は縁結《えんむす》び専門の同僚《どうりょう》に物々交換《ぶつぶつこうかん》で譲《ゆず》って貰《もら》った物なんですよ。そもそも叶《かな》えて欲しくない願い事なんて、どうしてしたんです？」

「まさか男の恋人を作られるとは思ってなかったんだよ」

「貴方《あなた》、女が良いと言わなかったじゃないですか。それは性差別ですよ。この差別主義者」

差別じゃないし常識で考えればわかるだろ、と怒っている神様を見ながら考える。反論しても、どうせ分かり合えない事は分かっているので、何かを言う気は起きなかった。

「そうですか、なるほど。分かりました。でしたら糸を結び直して差し上げます。その代わり、今度こそ文句は言わせませんからね」

そう言うと、自称《じしょう》神様はすっとクラゲのように透明《とうめい》になった。

「はあ？　そんなことはしなくていい！　余計なことはもう何もするな」

慌てて小さいのを掴《つか》もうとしたが、姿形は空気に溶《と》けて、俺の手はただ拳《こぶし》を握《にぎ》るはめになる。

――結び直すって、誰《だれ》とだよ？

今更《いまさら》、加藤以外の誰かと繋《つな》がれても嬉《うれ》しくない。すっかり痕《あと》が定着してしまった小指を見る。目に見えない糸がどこに繋がっているのか、急に怖《こわ》くなった。

しかしその日の午後になっても、恐《おそ》れた変化は起こらなかった。加藤に変わった様子はないし、他《ほか》の誰かに言い寄られる事もなく、エレベータで女性と閉じ込められる事もない。

ほっと息を吐《つ》いて、自分のデスクから立ち上がった所で加藤に声を掛《か》けられる。

「寺山。帰る序《つい》でに総務に届けて来い」

そう言って加藤が差し出したのは、ファンシーなキャラクター封筒《ふうとう》だった。

「何ですか？　これ」

「インシデントの社章と、残った名刺《めいし》だ。返すように言ったら、それで送ってきやがった」

例の女子社員は俺が謝罪行脚《あんぎゃ》に行った翌日、加藤がいない時間を見計らって遅刻《ちこく》し出社すると主任に辞表を渡《わた》した。退職理由は「子供と一緒《いっしょ》にいる時間が欲しい」という事だった。

主任が口の端《はし》をひくつかせながら『まず寺山に謝ったら？　君の代わりに謝罪に行ったんだよ？』と諭《さと》したが、彼女は『寺山さんは私の教育係だったので、私ができない仕事をフォローするのは普通《ふつう》なんじゃないんですか？』と怒《おこ》られる理由が分からないという顔で言った。

宇宙人を見るような目を、女子社員に向けた主任は『引き継《つ》ぎもあるから退職日は後で決めようか』と彼女を宥《なだ》めたが、結局数日来た後は有給を使って休むようになった。

「分かりました。じゃあ、届けてから帰ります」

「ああ、頼《たの》む」

加藤は俺の方を見ずに仕事を再開する。以前に口説くと言われたが、最近は特に何もない。二人きりになる機会がないせいかもしれない。もし既《すで》に小指の糸が外されているとしたら、加藤は俺と寝《ね》た事を後悔《こうかい》しているのかもしれない。

「どうした？」

ぼんやり見つめていたせいか、加藤が手を止めて顔を上げた。

「あ、いえ。お疲《つか》れさまでした」

加藤と付き合うつもりが無かったのに、迫られるのは困ると思っていたのに、今更悲しいと思っている心情を悟《さと》られるのが嫌で、慌てて封筒を持ってオフィスを出た。

最近、家にいる間も会社にいるときも常に加藤のことを考えている。気持ちを自覚したら、毎日がそれ中心になる。子供の頃《ころ》、初恋をしたときも、北方さんに対しても、ここまで頭が一杯《いっぱい》になる事はなかった。傍《そば》にいなくても、頭の中に思い描《えが》くと温かい気持ちになれる。

「別に付き合わなくてもいいんだ。部長が俺の事が好きで、俺も部長を好きでいられたら」

それで満足できる。

唇《くちびる》の柔らかさも、体が服の上から見るよりずっと厚い事も、赤く染まった眦《まなじり》が普段《ふだん》よりも性的で、艶《なま》めかしく見えるのも知っている。だからもう、これ以上は望まない。

「恋人になれなくても、充分《じゅうぶん》だ」

自分に言い聞かせるようにエレベータの中でそう口にして、総務部のある階で降りる。遅《おそ》い時間なので社員は殆《ほとん》ど残っていなかった。

年嵩《としかさ》の社員に話しかけるよりも近くにいた蓮村に声をかけるほうが楽で「蓮村さん」とPC画面に顔を近づけて作業をしている年下の男を呼ぶ。

「あ、寺山さん」

「うちの部署の辞《や》める社員の社章と、名刺を届けに来ました」

封筒から中身を出すと、社員証を兼《か》ねたＩＤカードも入っていた。普通郵便で送るなよ、と辞めてしまった彼女の非常識な行動を苦々しく思いながら、封筒を丸めてポケットに入れる。

「わざわざすみません。じゃあ、これお預かりしますね。あ、そうだ寺山さん。今度湯沢行くんですけど、どうですか？　明日の夜から前乗りして、滑るつもりなんですけど」

「金曜は遅くまで残業なんです。彼女が辞めてしまったので」

ＩＤカードに視線を向けると、蓮村は「あ〜そうですかぁ、残念です。じゃあ落ち着いた頃にまた誘《さそ》います」と落胆《らくたん》気味に言った。

まだ残業する蓮村に労《ねぎら》いの言葉を掛けて総務部を出て、一階まで下りる。既に正面入り口は閉まっているので裏から外に出る。湿《しめ》った空気を感じて空を見上げると、厚く重そうな雲が覆《おお》っていた。しかし幸いな事に家に帰るまで、雨は降らなかった。

玄関《げんかん》を開けると、白いパンプスが目に入り、今日は母親が来る予定だった事を思い出す。

先日、加藤に助言された通り、弟の事は母親に相談した。

『次からは学校には私が行くから。緊急連絡先《きんきゅうれんらく》も、私の携帯《けいたい》にして貰って良いからね』

だから高校にも事情を話して連絡先を変えて貰った。その際に望の学校での態度について訊《き》いたが「あれ以来、寺山君も他のみんなも特に問題は起こしていませんよ」と、言っていた。

母親はすぐに弟と話し合ったらしい。二人がどんな話をしたかは知らないが、玄関に並んだ靴《くつ》を見る限り、珍《めずら》しく弟もバイトを休んで家にいるようだ。

「朔、お帰り。美味《おい》しいケーキを買ってきたの。一緒に食べましょう」

居間で談笑《だんしょう》していた母親が、ドアの音に気付いて出てくる。

独り身のときよりも、随分綺麗《ずいぶんきれい》になっていた。クリーム色のワンピースがよく似合っている。

俺に話しかけるときのぎこちない様子は変わらないが、それでも前よりずっとましになった。

部屋に戻《もど》らずに居間に行くと、珍しく末弟《まってい》もいた。椅子《いす》に座ってから、久し振《ぶ》りの家族団欒《だんらん》だと気付く。母親は嬉しそうだったし、何より祖母が普段よりもにこにこしている。

一緒に食事をして、遅い時間になってから母親は弟達に駅まで送られて帰って行った。

上機嫌《じょうきげん》で後片づけをする祖母を手伝っていると「ありがとうね」と言われる。

「え？」

「お母さん、頼《たよ》られて嬉しかったって言っていた。朔に頼られたの初めてだって。朔には高校の授業料も出させて貰《もら》えなかったから、ずっと気にしてたのよ、あの子」

あの頃はまだ母親も収入が少なかったから、よかれと思って学費は自分でバイト代から出していた。学費と言っても公立校だったので、一番金がかかったのは制服と教科書代だった。

邪険《じゃけん》にしたつもりはないが、確かに親としてのプライドを傷つけてしまったかも知れない。

「……望のこと、上司に相談したんだ。そしたら、上司が母さんに相談してみろって」

「そう。朔が頼れるような人が会社にいて良かったわ。あんたすぐ抱《かか》え込むから」

祖母の言葉に頷《うなず》いて、風呂《ふろ》に入ってから部屋に戻った。少し迷ってから、携帯を取り出す。

十分、電話をかけるかかけないかで迷った。その後更《さら》に十分、私用の携帯は仕事用が繋《つな》がらない緊急時《きんきゅう》のみ連絡していいと言われていたが、明らかに仕事ではない内容を仕事用の携帯にかけていいのか悩《なや》んだ。更に十分、この時間帯に電話をかけていいのか頭を使った。

ばんでいる。

決心できたのは携帯を取り出して三十分後だった。ずっと携帯を握《にぎ》っていた掌《てのひら》がじわりと汗《あせ》

『はい』

緊張《きんちょう》してかけた電話に加藤が出たとき、何を話すべきか整理していなかった事に気付く。

「あの、お疲れさまです。寺山です。今お時間大丈夫ですか？」

『ああ。どうした？』

落ち着いた声だった。まだ会社なのか、それとも自宅に戻ったのかは分からないが「先日、アドバイス頂いた件なんですが、解決したみたいです。ありがとうございました」と告げる。

『仕事の話か？』

「あ、いえその、うちの弟の件です。相談したら、あとは母親がやってくれるみたいで」

『ああ、そうか。良かったな』

声の響《ひび》きが柔《やわ》らかくなった。思わず時計のない手首を弄《いじ》る。今までとは違《ちが》う意味で緊張した。

「それだけなんですけど。すみません、こんな時間に」

『いい。丁度お前の声が聞きたかったから』

そういう台詞《せりふ》をさらりと言われて、言葉に詰《つ》まる。このところ全くと言って良いほど口説かれていなかったから、心の準備ができない。加藤に見られていないから、抑《おさ》える必要もない顔色は恐《おそ》らく色素が沈着《ちんちゃく》してしまうんじゃないかと思うほどに、赤くなっている筈《はず》だ。

仕事では鬼《おに》だから、恋愛《れんあい》面でも亭主《ていしゅ》関白に違いないと思っていたので、最初の頃《ころ》は加藤が甘

い文句を躊躇《ちゅうちょ》無く口にする事に激しい違和感《いわかん》を覚えていた。尤《もっと》も、今も慣れたとは言い難《がた》い。

　赤くなった顔に手を当てて黙《だま》っていると、『何か喋《しゃべ》れ』と加藤に言われる。仕事中とは違うトーンに、プライベートで話しているという実感が高まって、半ば無意識に手首を引っ掻《か》いた。

「……その、部長は神様とか、そういう物って信じますか？」

『神様？　いや、特には何も信じてないな。お前は？』

「俺も信じてなかったんですけど、最近ついてないから疫病神《やくびょうがみ》とかいるんじゃないかと思って」

　加藤もここ数ヶ月の不幸な偶然《ぐうぜん》に関して何か思う所はないのかと、探《さぐ》るような気持ちで尋《たず》ねると、しばらくしてから『朔、変な商法に引っかかってないだろうな？』と言われた。

「いや、そういうんじゃないです。ただなんか不幸な事ばかり続いてるから」

『俺は最近良いことばかりだ』

「そう、なんですか？」

　加藤は長年温めてきたプロジェクトが中止に追い込まれている。それにインシデント呼ばわりしていたとはいえ、部下が一人辞めたのに良いことばかりというのは意外だった。

『同情でもお前と寝《ね》られたし、今もこうして話してる』

「う……俺と話すのが良いことなんですか？」

『ああ。好きな相手と話すのは誰《だれ》だって嬉《うれ》しいだろ？』

「だったら……また電話してもいいですか？」

　俺の質問に、加藤は『いつでも』と答える。

良かった、嬉しい、そう思いながらも気持ちを伝える事は出来ずに無難な言葉を交《か》わして通話を切る。そのときに、自分の小指の根本の痣《あざ》が随分薄《ずいぶんうす》くなっている事に気付いた。

「嫌《いや》だな、もう終わりなんて」

痕《あと》が消えた後も約束が有効だとは限らない。

そう思うと切なくて、小指を口に含《ふく》んで根本に歯を立てた。こんな事をしてもどうにもならないと分かっていたけれど、赤紫《あかむらさき》の歯形がついた小指を見て、ほんの少しだけ安心した。

◆◆◆

「それじゃあ、お先に失礼します」

主任がそう言って立ち上がると、オフィスには俺と加藤の二人が残された。

昨日、夜中に気分が盛り上がって電話をしてしまった事を、今は少し後悔《こうかい》していた。

二人きりの空間が昨日より気まずい。あの会話で俺の気持ちがばれてしまったんじゃないかと、疑心暗鬼《ぎしんあんき》に陥《おちい》っていると、突然《とつぜん》がちゃりとドアが開いて法務部の北方さんが入ってきた。

「こんな時間まで二人ともご苦労様」

「なんだ、また絡《から》みに来たのか？」

加藤が呆《あき》れた視線を向けると、北方さんは「ヘルシンキに旅行に行ってきたから、お土産《みやげ》を持ってきてあげたの。朝から配ってたんだけど量が多いから遅《おそ》くなっちゃって」と口にする。

手に持っている小さなバスケットにはチョコレートが入《つ》っていた。

「お前みたいな暇《ひま》で仕方ない社員を養うために会社に尽《つ》くしてると思うと、苛《いら》つくな」

男性社員全員が傅《かしず》きたくなるような北方さんに対して、加藤は相変わらず容赦《ようしゃ》がない。

「うちの部には私の分まで働きたいって男性社員がたくさんいるの。それに息抜《いきぬ》きの時間を作れないのは管理職としてどうなのかしら。可哀想《かわいそう》に、若い子をこんな時間まで残業させて」

「いえ、俺の仕事が終わらなかったので」

いきなり話を振《ふ》られて戸惑《とまど》っていると、赤い銀紙に包まれた大きなチョコレートを渡《わた》される。

「疲《つか》れたときは甘い物よ。脳に栄養を与《あた》えないとね。コレ食べてがんばってね」

礼を言って受け取ってから、以前加藤が似たような台詞を言っていたのを思い出す。

あれは北方さんからの受け売りだったのかと、甘い香水《こうすい》の匂《にお》いを嗅《か》ぎながら嫌な事に気付く。

「俺はいらねぇ」

「あげないわよ。それより仕事片づけて飲みに行きましょうよ。話したい事がたくさんあるの」

「どうせ男の話だろ。なんで週末にお前の酒癖《さけぐせ》に付き合わされなきゃならねえんだ」

北方さんと加藤は同い年だ。そのせいか北方さんといるときの加藤は、俺や他《ほか》の部下と話しているときよりもリラックスして見える。加藤は以前北方さんに対する恋愛感情を否定していたが、それは小さいの仕業《しわざ》のせいで、もしかしたら本当は彼女が好きだったのかも知れない。

すらりと長い脚《あし》に、光沢《こうたく》のある黒いヒールを合わせている北方さんの後ろ姿を眺《なが》める。

このまま二人が連れ立って帰る所は見たくないな、と早めに仕事を切り上げるために作業に集中していると、コピー機が警告音を上げた。どうやらトナー切れみたいだ。

後は出力してしまえば仕事は終わりなのについていない。溜《た》め息を嚙《か》み殺して、空になったカートリッジを外し、回収用のビニール袋《ぶくろ》に入れる。

「すみません、トナーを取って来ます。先に帰るようでしたら、退室作業は俺がやるのでそのままにしておいて下さい」

そう言って、オフィスを出た。もう小指同士が繋《つな》がっていないのなら、加藤が北方とどうにかなったとしてもおかしくないと嫌な事を考えながら、廊下《ろうか》の端《はし》にある備品室に入る。

入口横の回収ボックスにカートリッジを入れて、コピー用紙や文具などが積まれている棚《たな》の中から、トナーを探す。目的の物は上の方にあった。

指先は届くものの、箱を下ろすには至らない。一体誰がこんな高いところに積んだんだと苛《いら》立《だ》ちながら、踏《ふ》み台を探す。通常ならば室内に必ず一つあるはずのそれが、見当たらなかった。

ジャンプしても上手《うま》くいかない。溜め息を吐《つ》いて、カートリッジの入った箱を見上げる。

――今頃《いまごろ》オフィスで加藤は、北方さんとこの後に出掛《でか》ける店の話でもしてるんだろうな。

二十六年間生きてきて、恋愛面で他人に嫉妬《しっと》した事なんてなかった。恋愛は二者間だけでするものじゃないのだと、この歳《とし》になって漸《ようや》く実感した。

「北方さんじゃ勝てないし、元々加藤は俺より北方さんの方が好きなんだよな」

法務部の薔薇《ばら》は誰が見ても美人で、邪魔《じゃま》する気も起きないほどに理想的な相手だ。

だけど好きだった人と、今現在好きな人がくっつくなんて、かなり気分が落ちる。

ぼんやりとしたまま、備品室に突《つ》っ立っているとドアが開く音がした。

振り返ると、蓮村が両手に段ボールを持って入ってくるところだった。

「あれ？　寺山さん？」

どさっと、荷物を下に置いた蓮村は俺を見て目を細める。

「今、オフィスの方に行こうと思ってたんですよ」

「そうなんですか？　でも、今日は新潟《にいがた》に行くんじゃなかったんですか？」

「行くつもりだったんですけど、向こう天候最悪みたいで。だから今回は俺もパスしたんです。代わりに、寺山さんと飲みに行きたいなって思って。誘《さそ》おうと思って皆《みな》さんが帰るの待ってたんですけど、加藤部長代理っていつも遅くまで残ってるんですね」

「そうですね、直帰も多いんですが」

そう言って蓮村の持ってきた荷物に視線を向ける。

「あ、寺山さんの事を待ってる間暇だったんで、備品補充《ほじゅう》です。何か欲しいのあります？」

「シアンのカートリッジが欲しいんですが、届かなくて」

蓮村は棚の上にあるカートリッジを見て「ああ、あれですね」と呟《つぶや》くと、棚に足をかけて「よっ」というかけ声と共に箱を下ろす。

「ありがとうございます」

早速《さっそく》シアンのパッケージを探していると、伸《の》ばした手の上に蓮村の手が重ねられた。偶然《ぐうぜん》同じタイミングで見付けたのかと思ったが、蓮村の手はその後も離《はな》れない。

「あの、蓮村さん？」

「俺、結構前から寺山さんの事いいなってずっと思ってたんですよね」

「は？」

反射的に手を引こうとするが強く摑《つか》まれてなかなか取れない。

もしかして、俺の新しい相手に自称《じしょう》神様は蓮村を選んだのかと眉根《まゆね》が寄る。

なんでまた社内なんだ、なんでまた男なんだと、あの小さいのを力一杯《ちからいっぱい》握《にぎ》りながら尋《たず》ねてみたい。余計な事をするなと言ったのに、またいらない世話を焼いてくれた。ノルマのためには手段を選ばないなんて、営業一課の連中よりも目標達成意識が強いんじゃないだろうか。

「一見美人で堅《かた》そうでつんとしてるのに、結構天然入ってて可愛《かわい》いですよね。あ、年上に可愛いっていうのもあれですけど。でも、俺結構本気ですよ」

「いや、悪いんだけど、俺は男同士とかはよく分からなくて」

身の危険を覚えて無理矢理手を引き抜《ぬ》く。

「よく分からないって、寺山さんと加藤部長代理ってそういう関係なんですよね？」

「……なんで、そう思うんだ？」

「このところオフィスや資料室に二人きりで閉じ込められてるじゃないですか。あれ、閉じ込められてるんじゃなくて閉じこもってるの間違《まちが》いでしょ？　人に見られたかなんかでそういう言い訳してるんですよね？　じゃなきゃあんな頻度《ひんど》でトラブルが起こるわけないし」

蓮村の言う事は尤《もっと》もだ。誰《だれ》かが糸を引いていなければ、こんなに俺達ばかりが閉じ込められるのはおかしい。実際、糸を引いている奴《やつ》がいる。ただしそいつは、人間ではないけれど。

「確かに加藤部長代理は顔はいいけど、性格は最悪じゃないですか。寺山さん、俺には正直に言ってくれていいんですよ。加藤部長代理が上司権限使って、無理に迫《せま》ってるんですよね？　もしそうなら俺が守りますから、大丈夫《だいじょうぶ》ですよ」

「おい、いい加減にしろよ」

蓮村の言い分が余りにも酷《ひど》かったので、つい声が荒《あら》くなる。

「部長はそんな事しない。信じられないかも知れないけど、本当に偶然閉じ込められてるんだ」

「じゃあ、加藤部長代理とは何もないんですか？」

「当たり前だろ。これ以上ここで、そんな話するつもりはない。仕事に戻《もど》るから、どけよ」

そう言って蓮村の横を通り抜けようとすると、さっと動いた年下の男に抱《だ》き留《と》められる。

「おいっ、放せよっ」

危機感だけでなく嫌悪感《けんおかん》も覚えた。自分に好意を持つ同性に抱き締《し》められるなんて、最悪だ。

「部長と何もないなら、問題ないじゃないですか。俺と付き合ってくださいよ」

「はあ!?」

どうしてそうなるんだ、と怒鳴《どな》りたくなる。小さいのが加藤を操《あやつ》っていたときも、いきなりキスをされたが、一応会話は成り立っていた。それに無理矢理触《ふ》れてきたのもあの一度きりだ。

今回は以前と勝手が違《ちが》い、困惑《こんわく》と共に恐怖《きょうふ》が生まれる。

「ね、ね、いいですよね？　俺本当に寺山さんの事大事にしますし」

蓮村が俺の首筋に顔を埋《うず》め、すうっと鼻で息を吸った。抱き締められて匂《にお》いを嗅《か》がれてるという行為《こうい》が、とてつもなく気味の悪いことに思えて、思わず「う」と声を漏《も》らす。

すると何を勘違《かんちが》いしたのか「寺山さんって、可愛い声出すんですね」と、既《すで》に頭の中が異次元に飛んでいる蓮村の手が服の上から体に這《は》う。

「やめろ！　俺を大事にするなら、まず俺の意志を尊重しろ！」

「大丈夫です。恥《は》ずかしがらなくても、こんな時間だし……誰《だれ》も来ないから」

そういう問題じゃない。そういう問題じゃないが、それを聞いて青くなる。年下の男が何を考えているのかは、性急に片手でカチャカチャと蓮村が自分のベルトを外した事で分かった。

「い、いい加減にしろよ！」

摑まれたスーツが破れてもいいと思って暴れると、壁《かべ》に後ろ向きに体を押し付けられた。顔が棚の金具に当たって痛みを覚えたときに、蓮村の手が俺のベルトを外す。

「は、蓮村」

体に這う手を引っ搔《か》いたが、爪《つめ》を立てても蓮村はやめない。

「お前、こんなことして、後で問題に……」

「備品室で俺に犯《おか》されたって言うんですか？　寺山さんが真っ赤な顔で小さい尻《しり》にチンポぶちこまれた話を人にしてるところ、すげー見たいです。尻の中を擦《こす》られて、ザーメンたっぷり入れられたって、ちゃんと言ってくださいね」

自分の台詞《せりふ》に興奮したのか、背後の男の声が上擦る。

最悪だ、最悪の変態だ、とシャツのボタンを外されながら思う。

先程《さきほど》からしている抵抗《ていこう》は、蓮村には何の妨《さまた》げにもならないらしい。神のご加護があるせいなのかと思ったら、カフェで小さいのを捕《つか》まえたときに握《にぎ》り潰《つぶ》さなかった事を後悔《こうかい》する。

「ああ、すげー肌《はだ》気持ちいいですね。後で舐《な》めさせてくださいね」

「っ、ふざけんなっ」

渾身《こんしん》の一撃《いちげき》で思い切り力を溜《た》めて蓮村の足を踏《ふ》みつけた。

蓮村は「ぐうっ」と呻《うめ》いた後で、がんと俺の頭を棚《たな》にぶつける。衝撃《しょうげき》で目眩《めまい》がした。

ずるっと体がくずおれそうになるのを、背後の腕《うで》に支えられる。

「寺山さん」

荒い息の合間に名前を呼ばれ、呆《ほう》けている場合でないのは分かっていたが、打ち付けられた事で目眩がして、ついその腕に体を預けてしまう。

『ピッ、ガチ』

だから不意に聞こえた扉《とびら》の開錠音《かいじょうおん》が現実なのか願望なのか、背後の蓮村が弾《はじ》かれたように俺の体から離《はな》れるまで、判断が付けられなかった。

「あ、か、加藤部長代理っ」

支えがなくなってそのまま棚に凭《もた》れ、ずるりと床《ゆか》の上に落ちる。

恐る恐る振《ふ》り向いた目に映ったのは、酷薄《こくはく》な笑《え》みを浮《う》かべた加藤の姿だった。

「随分《ずいぶん》、楽しそうだな」

蓮村は怯《おび》えたように後退《あとずさ》りをして、ずり落ちた自分のパンツを引き上げる。

「加藤部長代理とはなんでもないって、言ったじゃないですか！」

裏切られたという顔で蓮村が俺を見て、それから顔を引きつらせながら「て、寺山さんから誘《さそ》ってきたんです。無理矢理、関係を迫られたんですよ」と言い訳を始める。

俺と目が合った加藤は、救世主にしてはやけに凶悪《きょうあく》な顔をしていた。

「い、いきなり迫られたんです。だから……加藤部長代理が来て下さって、助かりましたっ」

勃起《ぼっき》した物をパンツに納め、蓮村は逃《に》げるように出口に向かう。加藤は特に引き留める事もなく、扉が閉まったときも視線すら向けなかった。元から、蓮村に興味はなかったようだった。

温度の低い目がそれを物語っている。新人時代に叱《しか》られたときよりもずっと冷えた視線が恐《おそ》ろしくて、言葉を無くす。運命の糸がなくなれば、いつかそんな目で見られるのだろうと、漠《ばく》然《ぜん》と想像していたが、それが現実になると心臓に冷えた針を刺《さ》された気分になる。

「それで……」

加藤が沈黙《ちんもく》していた時間は数分だった。数十秒かもしれない。もしくは数秒。その間に随分色々な事を考えたが、どれもこれも形になる前に加藤の声を聞いた瞬間《しゅんかん》、跡形《あとかた》もなく消えた。

「あいつにはどんな可哀想《かわいそう》な理由があるんだ？」

無機質な声で尋《たず》ねられて、意味が分からずに、ただ見上げる。

「同情してやらせてやってるのかと思ったが、違うのか？　それなら、ああいうのが好みなのか。お前を置いて逃げるような卑怯《ひきょう》なのが」

俺を見下ろしたまま、加藤は自嘲《じちょう》するような笑みを浮かべてみせた。

「お前は頭の良い奴だと思ってたが、備品室で男を咥《くわ》え込むとはな。それともいつ誰かが入っ

てくるか分からないような状況《じょうきょう》が好きなのか？」

加藤が背後を振り返った。ロックされたドアを開けるにはIDカードが必要だが、下位層でも解除できる。元はオフィスだったが、備品室になってからはパスワードは設定されていない。

「何か話せ」

加藤のその台詞で、石のように固まっていた舌が漸《ようや》く動く。

「俺から誘ったわけじゃありません。トナーを取りに来たら……偶然《ぐうぜん》会って、襲《おそ》われたんです」

「は、苦しい言い訳だな。待ち合わせじゃなければ、あいつはこんな時間まで備品を補充《ほじゅう》するためだけに残ってたのか？」

加藤を相手にするときの鉄則を一つ忘れていた。

言い訳は通用しない。まして今回のように神懸《かみが》かり的な偶然が働いていたら余計だ。

「誰《だれ》にでも簡単に脚《あし》を開くなら」

加藤はそう言って、俺の脚の内側を革靴《かわぐつ》の爪先《つまさき》で軽く蹴《け》るように押す。

「また俺の相手もしろよ」

◆◆◆

室内の灯《あか》りに照らされて、加藤の肩《かた》を押しやる自分の手がやけに白く見える。

指先に青緑のインクが付いていた。トナー交換《こうかん》の際に誤って付けてしまったようだ。この状況から逃避《とうひ》するように、先程から頭に送り込まれる視覚情報はそんな役に立たない物ばかりだ。

「いや、です」

胸座《むなぐら》を摑《つか》まれて引き上げられ、押さえ込むように正面から口づけられて、唇《くちびる》が濡《ぬ》れる。

怒《いか》りが舌の動き一つにも表れていて、体が竦《すく》む。蓮村に押さえ込まれていたときに加藤を見《み》掛《か》け、助かったと安堵《あんど》した。けれど今はその判断が間違《まちが》っていたと、身を以《もっ》て教えられている。

「部長」

逃《のが》れたくて顔を背《そむ》ける。脚の間に入ってきた膝《ひざ》のせいで、上手《うま》く身じろぐ事もできない。嫌《いや》だというのは伝わっている筈《はず》なのに、腰《こし》を抱《かか》えていた手はシャツの中に入ってくる。加藤の指先が肌に触《ふ》れて、「やめてください」と何度目か知れない抗議《こうぎ》の言葉をぶつけた。

「この間は同情で抱かせてくれただろう？　それともさっきの奴《やつ》に義理立てしてるのか？」

ざらざらと苛立《いらだ》った声に「誤解です」と口にする。

会話の間も体に触れた手はそのまま背中の方まで這《は》い上がって来た。形を確かめるような手つきだった。抵抗できないのをいい事に、もう片方の手が下着の中に入りこんで来る。

「っ」

ぐっと加藤の肩を摑む指に力が入った。乾《かわ》いた指が強引《ごういん》に双臀《そうでん》の間を辿《たど》り、奥まった場所に触れる。ぐっと指が内側に入りこむ瞬間、「あ」と小さく声が漏《も》れた。

一度だけ、抱かれたときの記憶《きおく》を、刷り込まれた快感を、頭よりも体の方が覚えていた。

「部長……、嫌、って」

深く入ってきた指が、体の内側で小さな円を描《えが》くように動かされる。

「嫌」

からだ。
自体は働いていないのかもしれない。そう考えると、いつその暗示が解けるのか怖《こわ》い。拒絶《きょぜつ》しなければ、と思うのに上手くできない。されるがままに身を任せてしまうのは、相手が加藤だからだ。

自分の気持ちを自覚する前なら、いくら相手が凶悪な上司でも拒絶できたが、今は相手が加藤だと思うだけで抵抗《ていこう》する気持ちが萎《な》えてしまう。こんな状況でも抵抗できないぐらい、好きだなんてどうかしている。触れて欲しい。抱かれたくない。好きだと言って欲しい。本心じゃないなら聞きたくない。相反する感情が糾《あざな》われて、何を選択《せんたく》すべきかもう分からなくなる。

「ふ……っ、い、や」

体の中から指が抜《ぬ》かれ、不意に体を強引に反転させられる。ずり落ちそうなパンツのせいで足が縺《もつ》れたが、体勢を立て直す隙《すき》も与《あた》えられずに、耳を背後から噛《か》まれた。

「っ、あ」

つきりと痛みが走り、声が漏れる。

加藤は片手で俺の体を支え、自分のパンツのフロントを寛《くつろ》げた。すぐに硬《かた》く熱くなった物が足の間に当てられる。穿《は》いたままの下着がずらされて、先ほどまで弄られていた最奥に先端《せんたん》が触れた。太くて長い加藤の物で隘路《あいろ》を押し開かれるときの事が蘇《よみがえ》り、背中が震《ふる》える。

「やめてください」

「嫌なら殴《なぐ》ってでも逃げろ」

もしかしたら今加藤が俺を抱きたいと思うのはキャッシュに似た感情の名残《なごり》で、もう神通力泣きそうな声だ、と自分でも思った。本当にやめて欲しいのか、加藤に触れて欲しいのか分からずに葛藤《かっとう》で声が震える。

「お願いですから、部長」

そう言って、判断を加藤に投げている。怖いんだ。自分で決めるのが。

後で正気に戻《もど》った加藤から謗《そし》られたくない。嫌《きら》われたくなくて、狡《ずる》い言い方をする。

「中途半端《ちゅうとはんぱ》に拒絶するのがお前の手か？　嫌がってばかりなら、もう喋《しゃべ》らなくていい」

加藤は冷えた声でそう言うと、拒絶ばかりしていた俺の口を顔を掴むように手で塞《ふさ》ぐ。

「ふ……っ、ぁ、う、う」

同時に、体の内側に加藤のそれが入り込んでくる。

ゆっくりと、形を覚えさせるように。ゆっくりと、俺に拒絶する隙を与えるように。

擦《こす》れたところが焼け爛《ただ》れるみたいに熱を持って、体を内側から苛《さいな》んでいくのを感じる。

ステンレスの棚《たな》に無意識に立てた、爪《つめ》の付け根が痛んだ。

「ふ、く、う、っ……う、ん」

加藤の指の隙間から息と呻《うめ》き声が漏れる。

圧迫感《あっぱくかん》と広げられる痛みに、何度も加藤の指に歯を立ててしまう。一度目のように欲情《よくじょう》に狂《くる》っていない分、如実《にょじつ》に体の中に入った物の形を意識した。自称《じしょう》神様の事は心の底から嫌っているが、最初の夜にオプションを付けて貰《もら》った事は、感謝すべきだった。

「ん……、ぁ……う」

膝がそのままくずおれそうになる。棚についた手も足も、体を支える役目は果たしていない。回された加藤の腕《うで》がなければそのまま床《ゆか》に座り込んでしまいそうだった。力の抜けた体に、穿《うが》つように奥深くまで加藤の物が入ってくる。奥まで入れられて、臍《へそ》の裏側でその脈動を感じた。

「ふ、う」

噛み付いていた加藤の指から歯を離す。

「は、ふ……ぅっ」

喘《あえ》ぐような息が漏れ、体を支えていた加藤の手が俺の欲望《よくぼう》に這う。

僅《わず》かに下着を押し上げている物を優《やさ》しく揉《も》まれ、思わず背中を丸めた。

他人に触れられ慣れていない場所は、たったそれだけで硬度《こうど》を増していく。

感じる度《たび》に体に力が入って、受け入れた場所を締《し》め付けてしまう。加藤は時折、中の欲望を動かしながら俺の物を弄った。完全に勃《た》ち上がり、布地の下で窮屈《きゅうくつ》そうにしているそれを、爪で引っ掻《か》かれると堪《たま》らない気分になる。最初は僅かな痛みを感じ、そのせいで布越《ご》しに爪が動く感触《かんしょく》を強く意識してしまう。先の方を虐《いじ》められて、鼻にかかった声が漏れた。

「ふ、ぁ、ふ……んんっ」

尿道《にょうどう》の先が濡れ始め、水分を吸った布がぺたりと張り付くのが不快だった。

後ろをずらして受け入れているのだから、一度咥《くわ》え込んだ物を抜かなければ下着は脱《ぬ》げない。だけどこのままでは、下着を酷《ひど》く汚《よご》してしまいそうだった。しかし俺の意志に反して、押し上げた下着の先端は、布地が濃《こ》い色に変わっていく。

「あ」

「腰をゆらして強請《ねだ》ってるのか？」

自分の下肢《かし》を見ていると、加藤の指が胸に這う。シャツの上から尖《とが》りを探すように撫《な》でられて、探し当てられた先を指できつく摘《つま》まれた。途端《とたん》に電流のような快感が走り、息を詰《つ》める。

「は、ぁ、ぁ」

胸の先を引っ張られたまま腰《こし》を使われると、達してしまいそうになる。このままでは下着だけでなく、床も汚してしまう。会社でこんな事をしたのがばれたら、俺も加藤もクビになる。

「ふ、く」

そんな事を考えていると、唐突《とうとつ》に内側を深く抉《えぐ》られる。

気もそぞろだった事を咎《とが》めるように何度も断続的に、奥まで突《つ》き立てられて「あ、あ」と上擦った声が漏れた。俺が寄りかかっていた棚が、ガタガタ音を立てて揺《ゆ》れる。

「あ、あっ……は、っ」

セックスも加藤をそこに受け入れるのもまだ二回目なのに、痛みは徐々《じょじょ》に薄《うす》れていた。

その代わりに強くなるのは頭がおかしくなりそうな愉悦《ゆえつ》と、切なさだった。

引き抜かれそうになる度に、隘路は狭《せば》まり、その狭窄《きょうさく》になった場所を再び押し広げるように、加藤の欲望が一番深いところまで強引に入ってくる。

「っ、ぁ、ふぁ」

特に、えらの張ったところで腹の方を擦られると堪らない。

それだけで、放っておかれた俺の欲望が、下着の中でまた滑《ぬめ》り気のある淫液《いんえき》を滴《したた》らせる。

「いきたいか？」

耳に直接注ぎ込まれる声は、相変わらず冷えている。抜き身を当てられたように体が竦《すく》んだ。

「朔」

一度目のように、名前を呼ばれる。口を押さえられたままなので、頷《うなず》く事で答えた。

「じゃあ、ちゃんと強請れ」

加藤の手が漸《ようや》く口から離《はな》れる。

「ほら、言えよ」

ずっ、と中に入っていた欲望が引き抜かれそうになり、意志に反して追い掛《か》けるように腰が動く。いかないで、という動きに心よりもずっと素直《すなお》な体の反応が恨《うら》めしかった。

黙《だま》ったまま、何を言えばいいのか分からずにいると、抜かれそうになっていた物が一気に深いところまで押し込められる。

「あ、――……あっ、あ」

体がびくびくと跳《は》ねて、一瞬《いっしゅん》息の仕方まで忘れた。達してしまったような気すらした。じんわりと快感にぼやけたままの頭で、今の衝撃《しょうげき》をどうにか昇華《しょうか》しようとしていると、加藤のそれがまた抜《ぬ》かれそうになった。楔《くさび》を失った隘路《あいろ》の奥が、悲しげにひくつく。

「言え」

何を言わせたいんだろうと、痺《しび》れる頭で考える。強請れという言葉が耳の奥に蘇《よみがえ》り、何か卑《ひ》

猥《わい》なことを口にすればいいのだと気付いて、蓮村が言った下品な台詞《せりふ》を思い出す。けれど実際、言葉で求めてしまったら、後で言い訳を出来ない。今だって、到底《とうてい》言い訳の出来るような状況《じょうきょう》ではないけれど。それでもそこが最後の一線に思えて、黙ったまま首を振《ふ》ると「朔」と、普段《ふだん》聞けないような甘い声で背後の男が俺の名前を呼ぶ。

「全部言った通りにしてやるから」

そう言うと、加藤は内側の浅い部分に留まっていた性器を引き抜いてしまう。

「あ」

支えを失い、落ちそうになる体が支えられた。抜き取られた加藤の欲望を求めて、寂《さみ》しがる場所が動くのが分かり、何度も躊躇《ためら》った唇《くちびる》で「入れてください」と声に出した。

掠《かす》れた声は、二人きりの静かな室内でも聞き取りにくかったが、加藤には届く。

「それから」

促《うなが》すように耳の裏側に唇が押し付けられて訊《き》かれる。

「それから――孝秋さんの、奥まで入れて、いっぱい突いて……いかせて、ください」

ふっと、耳元で背後の男が笑う。それがどんな種類の笑《え》みなのかは分からなかったけど、再び下着がずらされて体の奥に加藤の物が入ってくる。

「あ……っ、あ、んっ、たかあき、さん……っ」

手で押さえられていないから、声が先程《さきほど》よりも高く響《ひび》く。

「少し抑えろ。警備員に見つかるのは嫌《いや》だろ?」

「んっ、ん」

慌《あわ》てて自分の指を噛《か》む。先程までよりずっと激しく責められて、立ったままがくがくと体が揺さ振られる。膝《ひざ》が棚《たな》に仕舞われているファイルにぶつかって、その度にここが備品室だという事を思い出す。なのに快感は増していくばかりで、一向に冷める気配がない。

「っ、あ」

一番敏感《びんかん》なところを内側から押されるのと同時に、膨《ふく》らんだ所を布越しに摑《つか》まれた。たったそれだけの事で、限界を迎《むか》えてしまう。震《ふる》える手で、思わず心臓の真上に当てられたままの加藤の指を摑んだ。自分でもどんなつもりでそうしたのかは、よく分からない。

「は、ぁ、あ……」

加藤は俺が乱れた息を吐《は》き出す間も、動きを止めることはなかった。

人差し指を強く握《にぎ》り込んだまま、与《あた》えられる刺激《しげき》に耐《た》えてただ息を飲み込む。濡《ぬ》れた下着の中で自分のそれがびくびくと震えて力を無くしていくのを感じながら、瞼《まぶた》を落とす。

ベッドの上で触《ふ》れ合ったときとは違《ちが》う、勝手なやり方を非難するつもりはなかったけれど、達した事で熱が引いた頭が冷静な思考を取り戻《もど》し始めると、どうしようもなく寂《さび》しくなった。

いつ誰《だれ》が入ってくるかもしれない場所で性急に抱《だ》いたのは、加藤が俺に対する恋情《れんじょう》を失っているからかもしれないと、気付いたからだ。

以前は俺の同意が得られないなら触れないと言った。前言を覆《くつがえ》して強引《ごういん》な手段に出るのは、もう俺に対して気遣《きづか》う必要がないからかもしれない。これは嫉妬《しっと》ではなく、独占欲《どくせんよく》の延長なんじゃないだろうか。そう思い至った途端《とたん》に、胸の裡《うち》で高まっていた欲望が精彩《せいさい》を欠いていく。

――覚悟《かくご》していたじゃないか。

この結末は分かっていた。だから何も動揺《どうよう》する事なんてなかった筈《はず》だ。

そう自分に言い聞かせながら、加藤の吐き出した物を体の一番深い部分で受け止める。

ずるりとそれが抜かれると、急に虚《むな》しさが胸の裡に広がった。

不意に加藤の代わりに口を押さえていた自分の手に、何かが触れた。そのときに、自分がいつの間にか泣いている事に気付いて焦《あせ》る。子供じゃないのに、人前で泣くなんておかしい。ばれたら呆《あき》れられそうでさりげなく震える指で目元を拭《ぬぐ》うと、肩《かた》を引かれる。

顔を見られるのが嫌だったから腕《うで》で隠《かく》したが、すぐに手首を掴まれて視線が合う。

「泣くほど嫌だったのか？」

黙って首を振る。

「朔」

初めて聞くような声で加藤が俺を呼んだ。顔を上げると「悪かった」と抱き締《だ》められた。

「……お前が、俺の物じゃないのは分かってるが、他《ほか》の奴《やつ》に触れられるのは我慢《がまん》できねぇ」

抱き締める手が、どこか縋《すが》り付くようで、初めて見る弱気な加藤の様子に、もういいか、と思えた。あと十三日で、俺は誕生日を迎える。たった十三日だ。たった十三日だけど、構わない。

加藤と付き合えば、例の小さいのは満足するんだろう。そしたら蓮村を嗾《けしか》ける事もなくなるに違いない。加藤には再び神通力が加わり、また俺を想《おも》い人として大事にしてくれるだろう。

もしかしたら十三日も保たないかもしれないけれど、少しの間だけでも幸福な気持ちで過ごせるなら、その後で加藤が後悔《こうかい》しても俺を疎《うと》むような事になったとしても、平気だ。

答えを定めて瞬《まばた》きをすると、溜《た》まっていた涙《なみだ》が両方の目から零《こぼ》れる。

「俺、孝秋さんの事が好きです」

捨てられる日を覚悟して告げた告白は、みっともなく震えていた。

見上げると、加藤は俺の真意を測りかねるような顔をしていた。先程まであんなに嫌だと言っていたのだから、すぐには信じられないだろう。そう分かっていたが、どう言ったら上手《うま》く伝わるのか分からなくて「本当に、好きなんです」「好きです」と言葉を重ねる。

「それなら、俺のものになれ。他の男に触《さわ》らせるな」

何度目かの「好き」の後で、加藤が俺の唇に触れた。

そのときに間近で見た伏《ふ》せた睫《まつげ》も、俺の声のように少し震えていた。

◆◆◆

「寺山、話があるから飯行くぞ」

翌週の月曜日、退勤処理をした後でデスクからそう声をかけられ、「はい」と頷《うなず》く。

恋人《こいびと》同士になった瞬間《しゅんかん》から、いつ加藤が俺に興味を失うのか怖《こわ》かった。

そのせいで声は固く強張《こわば》ってしまったが、加藤に気付いた素振《そぶ》りはなかった。

珍《めずら》しく二人揃《そろ》ってオフィスを出る。エレベータに乗る瞬間はまだ少し構えてしまう。

「どこに行くんですか？」

「何か食べたい物はあるか？」

「特に、ありません」

そう言うと加藤はその場でどこかの店の個室を予約した。わざわざ個室を予約するあたり、何か人に聞かれてはいけない話をするのではないかと、つい構えてしまう。

――こんなにすぐ振《ふ》られたら、いくら覚悟してたとはいえ立ち直れないかもな。

他人事《ひとごと》のようにそんな事を考えていると、エレベータが一階に着く。加藤が予約した店には会社からタクシーで向かった。店は高そうな中華《ちゅうか》料理屋で、個室も豪奢《ごうしゃ》で広々としている。

何を頼《たの》めばいいのか分からなかったので、加藤と同じ物を頼むと「お前、辛《から》い物苦手だろ？」と言われて、別のメニューを薦《すす》められてそちらに変えた。

しばらくして料理が運ばれてくるまで、加藤とは仕事の雑談をした。俺の答えは終始ぎこちなかったが、会話が途《と》切《ぎ》れることはなかった。それでも盛り上がったわけでもなく、食事が来てからもそれは変わらない。

「あの、話ってなんですか？」

デザートが運ばれる段になっても、肝心《かんじん》の話を切り出さない加藤に焦《じ》れて、そう訊《たず》ねる。

「備品室でのことを、もう一度謝っておきたかったんだ。悪かった」

「それでしたらもう気にしてません」

既《すで》に、加藤にはひどく抱いたことを謝られている。

「だけど、お前は俺を怖がってるだろ」

どちらかというと加藤の方が傷ついた顔で、そう言った。俺がつい構えてしまうのを、加藤は察していたようだ。やっぱり、加藤相手には何も隠し事ができない。だけど怖がっている理由は、全く別物だ。ひどく抱かれたからではなく、今にも「別れる」と言われそうで怖い。

「…………部長は、どうして俺を好きなんですか？　昔は俺のこと、嫌《きら》ってましたよね？」

「嫌ってた事なんてねぇよ。そもそも部下のことは好き嫌いで判断しないようにしてるしな」

「でも、俺……使えなかったですし」

情けないが事実だ。加藤にかけた迷惑《めいわく》は両手両足の指を使って数えても足りない。俺の代わりに先方に頭を下げさせた事もある。

「だけど頑張《がんば》ってただろ。同じ失敗を繰《く》り返さないように、必死で努力している姿を見たら、嫌ったりはできねぇよ。でも、最初はそれだけだった。責任感が強くて努力家の負けず嫌《ぎら》い。綺麗《きれい》な顔してるのに容姿には無頓着《むとんちゃく》で、女慣れしてない面白《おもしろ》い部下ってだけだった」

加藤は記憶《きおく》をなぞるように言った。俺の容姿に対する加藤の評価は意外だったが、口を挟《はさ》むよりもその先を聞きたくて息を詰《つ》める。

「好き嫌いは仕事に持ち込むつもりがなかったんだけどな。いつの間にかお前を育てるのが楽しくて、気付いたら恋愛《れんあい》感情まで加わってた」

「……本当に、前からなんですか？　最近、急にそう思ったんじゃないんですか」

いつ振られるか、ずっと気にしているのが嫌で言質《げんち》を取りたくてそう訊ねる。取ったとしても、終わるときは終わるだろうが、それでもその期間を少しは長引かせられるかもしれない。

加藤は、自分の言葉に背《そむ》いたりはしない人間だから。

そんな風に狡賢《ずるがしこ》い事を考えてしまう自分を嫌悪《けんお》しながら否定の言葉を待っていると、「俺は前からお前のことが好きだ。ずっとそう言ってるだろ」と加藤が口にする。

その言葉に少しだけほっとした。だけどまだ満たされない。けれど、きっと満たされることはないのだ。

食事を終えて店を出るときに、加藤が「来週末、行きたいところはあるか?」と訊《き》いてきた。

「来週末、ですか?」

「ああ。今週末から出張だが来週の土日は空いてる。不安なんて感じないように、嫌がるほど愛してやる」

「……来週の木曜日は、駄目《だめ》ですか? その日、俺の誕生日なんです」

俺がそう言うと、加藤は「そういえば、そうだったな」と口にした。

しかし言ってから、その日まで加藤に出張が入っていた事を思い出す。

「あの、無理なら……」

「いや、夜で良いなら仕事を終わらせて帰ってくる」

ふっと加藤が笑った。その笑顔《えがお》を見ていたら、急に切なくなる。

今は俺に向けられているが、誕生日が終わったらもう別の人の物になるかも知れない。そう思ったら、もう糸が結ばれていないはずの小指の付け根がじくりと痛んだ。

◆◆◆

誕生日の朝は例年にない寒さだった。

朝食を作るために台所に立つと、起きてきた祖母が「今日は、どうするの？」と訊《き》いてくる。

「どうするって？」

「誕生日でしょう？　遅《おそ》くなる？」

祖母の質問には期待が含《ふく》まれていた。

「遅くなるかも。もしかしたら、帰れないかもしれない」

「お仕事？」

「……好きな人と出かけるから」

祖母から返事はなかった。だから窺《うかが》うように振り返ると、笑顔で「良かった」と言われた。

だけど明日には終わる関係だ。何となく騙《だま》している気がして居たたまれなくなり、朝食は早めに済ませて出勤までの時間を部屋で過ごす。

恋人が出来たからといって、生活が劇的に変わったわけではなかった。

まだ数日しか経《た》っていないし、加藤は先週から関西方面に出張している。願いが叶《かな》ったからなのかそれともすでに解かれていたからか、距離《きょり》が離《はな》れても指は痛まなかった。

俺の指にもう痕《あと》はない。そんな些細《ささい》な部分からも、終わりの気配を嗅《か》ぎ取ってしまう。加藤とは今夜会う予定だったが、もしかしたら駄目になるかもしれないとは聞かされていた。一応名古屋発、午後六時の新幹線に乗ると言っていたが、もし仕事で問題が発生して帰って来られなくなれば、最後の瞬間《しゅんかん》を一人で迎《むか》えるはめになる。

――それだけは嫌だな。

終わる瞬間は一緒にいたい。そんな事を考えていると携帯《けいたい》が鳴る。

母親からのメールだった。いい歳《とし》をして、誕生日も何もないが、祝いのメールが届いていた。

それに短い返信をして、会社に行く支度《したく》をする。

家を出るときに、祖母から「いつか紹介《しょうかい》してね」と声をかけられた。

それに曖昧《あいまい》に頷《うなず》いて玄関《げんかん》を出る。外は風が強い。家の前の水溜《みずた》まりに氷が張っているのを見て、冬に逆戻《ぎゃくもど》りした気分になる。コートを春秋用に替《か》えたことを後悔《こうかい》しながら、駅へと急ぐ。

電車の中から例の結婚紹介所《けっこんしょうかいじょ》の看板を眺《なが》めて、自分が本当に好きな相手と付き合える確率は、どれぐらいあるのだろうか考えた。答えの出ない数字だ。ほんの短い間でも、好きな相手と付き合う事ができる自分は幸福なんだと、言い聞かせるようにその看板から目を逸《そ》らす。

オフィスに向かうと、先輩《せんぱい》が何人か既に出社していた。

「寺山、今日悪いんだけど打ち合わせ、俺出られなくなったから一人で行ってくれるか?」

ぼんやりと加藤のデスクを見ていると、不意に主任から声を掛《か》けられる。

「はい。五時からのやつですよね?」

「そ。直帰でいいから。部長いないの忘れてて、代わりに会議出ろって言われてたんだよね」

主任の気遣《きづか》いにもう一度「はい」と答える。外出の予定はその一件しかなかったので、午前中は普通《ふつう》にオフィスで仕事をした。昼食はいつものように食堂に行き、カウンター席を取る。

そのときに、丁度食堂に入ってきた蓮村と目が合った。

あれから社内で顔を合わせる事はなかったし、話すべき事もなかった。

だから気付かなかったふりでカウンター席に座ると、しばらくして蓮村が隣《となり》に座る。

「寺山さん、俺に無理矢理襲《おそ》われたって加藤部長代理に言いました？」

単刀直入に訊かれて、手にしていたフォークを皿に戻《もど》す。食堂は満員ではないがそれなりに混《こ》んでいる。両隣《りょうどなり》には誰《だれ》もいないが、近くのグループに声が聞こえない保証はない。

「何の話だよ」

平然と話しかけてくる蓮村に呆《あき》れたが、彼も小さいのの犠牲者《ぎせいしゃ》だと分かっているから、責めるつもりはなかった。だけど傍《そば》にいると、備品室で感じた嫌悪が沸《わ》き上がってくる。

「加藤部長代理には直接何も言われてないんですけど、人事異動の内示が出てるんですよね。良いタイミングだから、手を回されたとしか思えなくて。あの人、若いのに何でか社内で権力あるから。寺山さんに手を出した懲罰《ちょうばつ》人事なんですかね、これ」

そんな事を加藤はしないと反論すると、蓮村は「寺山さんから言ってくれません？　こういうのやめろって。第一あの日は、寺山さんから誘《さそ》って来たんだし」と信じられない事を言った。

「俺がいつ誘ったんだよ」

睨《にら》み付けると、蓮村は「だって備品室で待ってたじゃないですか。俺が行くの分かってたんでしょう？　残業するって教えてくれたのも、合図だったんですよね」とへらへら笑う。

手が出る前にトレイを持って立ち上がろうとしたとき、空席を探す北方さんに気付いた。

法務部は取引法務が業務の中心だが、内部の労働問題やパワハラに対する窓口も開いている。同性間のセクハラは取扱《とりあつかい》事例がないだろうが、実際に相談するわけではないので構わなかった。

「北方さん」

声を掛けると、法務部の薔薇《ばら》は優《やさ》しく微笑《ほほえ》んで近づいてくる。

蓮村は慌《あわ》てたように「寺山さん、なんで」と呟《つぶや》いた。

近づいた北方さんに隣の席を勧《すす》める。彼女が座るのを待ってから、蓮村に「今の話、北方さんの前でするか二度と俺に話しかけないか選べよ。俺はどっちでも構わないけど」と告げた。

蓮村は何か言おうとしたが、結局無言でトレイを持っていなくなる。

「ちょっと」

不機嫌《ふきげん》そうな声が聞こえて振《ふ》り返ると、北方さんが頬杖《ほおづえ》を突いて俺を見ていた。

「何の話か知らないけど、私を手札に使ったわね」

「……すみません」

「やだ、もぉ。寺山君、可愛《かわい》くて良い子だったのに、段々加藤に似て来ちゃった。駄目よ、あんなのお手本にしちゃ。人を効率よく使う事しか考えてないんだから」

北方さんは消えていった蓮村の背中を目で追ったが、俺達の間にどんな会話がなされたのかに関しては、追及《ついきゅう》して来なかった。恐《おそ》らく、そういう所が加藤に気に入られる所以《ゆえん》なのだろう。

「北方さんと部長は、本当に仲良いですよね」

「付き合いが長いからね。でも、プライベートでも仕事の話ばっかりなのよ。一緒《いっしょ》に飲んでてもあんまり、楽しくないわ。社会人向けのセミナーに参加してるのかと思うほど、ビジネストークばっかりで、うんざりよ。今度、寺山君も一緒に行きましょうよ。酷《ひど》いから」

「……それなのに、どうしてよく飲みに行くんですか？」

加藤も北方さんの事を「酷い」と言っていたが、そのわりには一緒に出掛《でか》けている。

尤《もっと》も、先々週の金曜日は加藤は北方さんの誘いを断ったが。

「料理とお酒の好みが似てるの。お互《たが》い枠《わく》だしね。男尊女卑《だんそんじょひ》も一切《いっさい》無いし、何より万が一潰《つぶ》れたとしても絶対に手を出されることがないって分かってるから、凄《すご》く安心できるのよ。そういう男友達って貴重よ。お酒を片手に地位協定に関して熱弁されても許せるぐらいにはね」

「そういうのが、絶対にないって言い切れるんですか？」

北方さんはにこりと笑って「お互い好みじゃないの。全然。微塵《みじん》も」と口にした。

「じゃあ噂《うわさ》は全部でたらめなんですか？」

「そうね、でも噂は抑止力《よくしりょく》になるから。美女には鬼《おに》が、鬼には美女が付いてるって思われていれば、同僚《どうりょう》に狙《ねら》われたり、取引先のお嬢《じょう》さんとのお見合いを勧められる事は減るもの」

自らを美女と言い切って、北方さんはチーズとミートソースの載《の》ったバゲットに齧《かじ》り付くと
「私を手札にしたんだから、貸しは一つね」とソースで赤く汚れた唇《くちびる》を可愛らしく歪《ゆが》める。

加藤はどうだか知らないが、北方さんが加藤の事を好みではないと知って、少し安心した。

北方さんとは酒を奢《おご》る約束を取り付けて、オフィスに戻る。

午後には一人で取引先に向かった。打ち合わせは、予定の時間を少し過ぎて終わった。打ち

合わせの後に、先方から食事に誘われたが、仕事が残っている事を理由に断る。

待ち合わせ場所に着いたのは、約束の時間の三十分前だった。

約束は駅の中のカフェだったが、何も口に入れたい気分ではなかったので、カフェの向かいで時間を潰す。目の前を通り過ぎていく人達はみんな寒そうだった。

両手をポケットに入れて猫背《ねこぜ》で早足に通り過ぎていく子供達の姿を眺め、携帯《けいたい》で話しながら足早に改札へ向かう男性から目を逸らし、時計を確認《かくにん》する。

だけど約束の時間になっても、加藤は現れなかった。二つ持っている携帯の両方にかけたが、片方は留守電で、片方は電源が切れているらしい。留守電の、メッセージには何も吹《ふ》き込まなかった。もし新幹線に乗れなかったのなら、早い段階で連絡《れんらく》が来ている筈《はず》だ。

それがないということは、故意に連絡をしない可能性しか考えられなかった。

「そうか魔法《まほう》はもう、終わったのか」

今日は寂《さび》しいぐらいに寒くて、携帯を持つ指先が震《ふる》えた。もう用のないカフェの前から離《はな》れがたくて、そのまましばらくそこに立っていた。帰らなきゃな、と頭では分かっていた。

いや、家には帰れない。ここで帰ったら、祖母に気を遣《つか》わせる上に、がっかりさせてしまう。

どこかホテルに泊《と》まって、明日の朝に一度家に帰って、会社に出て、加藤にはいつも通り接して、別れを切り出される瞬間《しゅんかん》まで平静を装って、絶対に泣かないように。

そんな段取りをつけていると、改札の方から来た女性達の会話が、耳に飛び込んでくる。

「脱線《だっせん》なんて怖《こわ》いね。死傷者もいるんだって？」

「地震《じしん》とかが原因なのかな？　新幹線が脱線するなんて、珍《めずら》しいよね」

「新幹線」「死傷者」という単語が鼓膜《こまく》に引っかかった。駅の方に歩き、改札を潜《くぐ》ってから電光掲示板《けいじばん》を見上げると、静岡《しずおか》名古屋間で新幹線の脱線事故、というニュースが流れていた。

「う、そだろ」

怖くなって、もう一度加藤の携帯に連絡を入れたが、どちらも不通だった。

ごくりと唾《つば》を飲み込んでから、脱線事故の詳細《しょうさい》を窓口で駅員に尋《たず》ねたが「現在調査中です」と繰《く》り返されるだけだった。死傷者についても、同様の返答がされる。

自分がどうすべきか分からず、真っ白になった頭で気が動転したまま、主任に電話をかけた。

事故があった新幹線に加藤が乗っていたかもしれない事と、連絡が取れない事を告げると、既《すで》に帰宅していたらしい主任は慌てた様子で「いや、でも、乗ってたとは限らないから。とにかく、もう少し経《た》ったら俺が電話してみるから他《ほか》の社員に不安を拡《ひろ》げないように」と言った。

しばらく新しいニュースが出ないかと掲示板を見ていたが、流れてくるニュースは遅延《ちえん》情報に関するものばかりだった。携帯で調べたが、欲しい情報は出ていない。

中止されたプロジェクトに関《かか》わるニュースを見たときと同じだな、と自分の一連の行動を自《じ》嘲《ちょう》する。あのときは何もかも自称《じしょう》神様の仕業《しわざ》だと思い込んでいた。

「……神様」

ふと、あの小さいのなら何とかできるかもしれないと気付く。思い立った瞬間には駅を出てタクシーを捕《つか》まえていた。旧商店街の入り口で降りて、祠《ほこら》まで走る。

以前に見たときから、何の変わりもない古びた祠は、静かにそこに鎮座《ちんざ》していた。

「出てきてくれよ」

そう言いながら、財布《さいふ》の中にあった小銭《こぜに》も札も全部賽銭《さいせん》箱に突《つ》っ込む。

「頼《たの》むから」

両手を摺《す》り合わせながら頭を下げると、ぎぎぎぎぎと、音を立てて扉《とびら》が開く。

中から現れた神様は、珍しくにこにこしていた。

「ああ、貴方ですか。加藤孝秋とはその後、上手《うま》く行っているようで何よりです。私もノルマが二つ達成できて、ほくほくしている所ですよ。一時はどうなる事かと思い、別の相手と糸を結びましたが、まぁ、結果的にはそれが良かったようですね。目出度《めでた》い事です」

「事故に……加藤部長が、事故に巻き込まれたかもしれないんです」

「え？　ちょっと、言いがかりはやめてください。私は何もしてませんよ？」

「分かってます。ただ、あなたなら何があったか分かるかと思って。部長が、無事かどうかも」

俺の台詞《せりふ》に、自称神様は少し得意げに「まあ、分かりますね。聞きたいですか？」と言った。

頭を垂れてお願いすると、小さいのは楽しそうに「新幹線が脱線したときに、強く頭を打っていますね。今は昏睡《こんすい》状態みたいです。自発呼吸ができていないようなので、このままだともう二度と目覚めないかもしれませんね」と言った。悪い予感が当たってしまった。思わず叫《さけ》びそうになった気持ちを抑《おさ》え、加藤の不遇《ふぐう》を嬉々《きき》として語る自称神様に対する呪詛《じゅそ》を飲み、更《さら》に頭を下げる。

「お願いです。孝秋さんを助けてください」

「やめてください。貴方《あなた》の願いは叶《かな》えたじゃないですか」

「でも、あなたならなんとかできるんでしょう？　俺の事を好きでもない部長や蓮村の気持ちを操《あやつ》ったり、俺達を閉じ込めたり、なんだってできたじゃないですか」

　俺の言葉に神様は空を見上げ、面倒臭《めんどうくさ》そうに首を振《ふ》った。

「彼は元々ゲイです。欲望《よくぼう》に忠実に行動させただけ。加藤孝秋は元々貴方の事が好きだったから、気持ちを態度と声に出させただけ。二人の感情を操ったわけじゃありません。確かに閉じ込めたり、糸で繋《つな》いだりしましたが、それは舞《ぶ》台《たい》設定を整えただけで、他は何もしてません。彼らを選んだのは、彼らなら貴方さえ了承《りょうしょう》すれば簡単に付き合える相手だったからですよ」

　小さいのの言葉は意外だった。だとしたら、加藤は最初から、俺の事をちゃんと想《おも》っていてくれたんだろうか。操られたわけではないのなら、最初から全部本当の言葉だったのか。

　こんなことならもっと早く「好きだ」と伝えるべきだった。

「お願いします。これから先の俺の幸福を全部賭《か》けても良いですから、助けてください」

　目の前の自称神様を真っ直《す》ぐに見つめてそう口にする。相手は俺の台詞にたじろいだ。

「貴方の幸せが、加藤孝秋にかかってるというのですか？」

　その質問に強く頷《うなず》く。もう二度と会えなくなったら、加藤が死んでいたら、この先幸せな気分には絶対になれない。

「全く、貪欲吝嗇《どんよくりんしょく》　窮鳥《きゅうちょう》入懐《にゅうかい》め。こんな大仕事は、これ一回きりにして欲しいですね」

小さいのがそう言うのと、俺の目の前が真っ暗になるのはほぼ同時だった。真っ暗な世界を手《て》探《さぐ》りで歩こうとすると、「あの老人も厄介《やっかい》な願いをしたものです」と呟《つぶや》く声が聞こえる。

次の瞬間、俺は明るい場所にいた。一体、自分がどこにいるのか分からずに周囲を見回す。道路だ、と気付いたのは足下《あしもと》を見下ろしたときだった。その瞬間、それまで気にならなかった周囲の騒《さわ》がしい雑音が耳に届く。

「おい、あんた、こんなところにいないでよ！　邪魔《じゃま》だよ！　野次馬ならどっか行って」

どん、と背中に誰《だれ》かがぶつかって、自分が救急車の居並ぶ場所にぼんやり立っている事に気付く。つい先程《さきほど》まで、俺は商店街の祠の前にいたのに、と信じられない気持ちで周囲を見回す。救急車の向こうは野次馬がぐるりと取り囲み、その向こうにはパトカーも来ていた。顔を上げると高架《こうか》橋にかけられた階段から、憔悴《しょうすい》した様子の乗客が降りてくる様が見える。

「ここは……」

どこだ、という呟きは声にはならなかった。

階段から下りてくる乗客の中に、年寄りの男性を抱《かか》えている加藤を見付ける。

呼びかけようとしたが、声が上手く出なかった。加藤は道路に下りた後で救急隊に老人を預け、傍《そば》にいた俺に気付くと「朔？」と驚《おどろ》いた顔で名前を呼んだ。

「どうしてここにいるんだ？」

「あ、その……それより大丈夫《だいじょうぶ》ですか？」

俺がそう言うと、加藤は「ああ、俺は何ともない」と戸惑《とまど》いを滲《にじ》ませたまま口にする。

「軽傷の方はこちらで病院まで送りますので、集まってください」

拡声器の声に加藤は顔を上げ、救助活動の妨《さまた》げにならないように離《はな》れた所まで俺の手を引く。

「部長も、行った方が」

「いや、本当に何ともない。このまま病院に行って時間取られるより、お前と過ごしたいしな。わざわざ迎えに来てくれたんだろう？　行き違いにならなくてよかった」

そう言っていつもの様に微笑《ほほえ》んだ加藤を見て、ぼろっと目の端《はし》から涙《なみだ》が零《こぼ》れる。

「朔」

焦《あせ》った声で加藤が俺を呼ぶ。肩《かた》に手を回されて、良かった、と何度も呟く。本当に良かった。最初は戸惑うように、それから優《やさ》しく頰《ほお》を拭《ぬぐ》った指を取って握《にぎ》りしめる。俺のせいで、加藤の指は濡《ぬ》れていた。

「俺、孝秋さんがいないと、幸せになれない。だから先に死なないでください。俺の事が好きなら、幸せにしてください。孝秋さんじゃないと、駄目《だめ》なんです」

伝えたい気持ちははち切れそうに膨《ふく》らんで、一体自分が何を言っているのかよく分からなかった。好きだともっと伝わればいいと思いながら、支離滅裂《しりめつれつ》になっていく言葉を泣きながら吐《は》きだしていると、優しく抱《だ》き締《し》められた。

「大袈裟《おおげさ》だな、朔。心配しなくても、大丈夫だ」

少し疲《つか》れたような声を聞きながら、スーツの胸元《むなもと》に顔を押し付ける。

手を放したら、消えてしまいそうに思えて、人目も気にせずにずっと加藤の服を摑《つか》む。

誰かを、これほどまで求めたのは初めてだった。これが恋《こい》なら、俺は今まで一度も恋なんてしたことがなかったのかもしれない。

◆◆◆

「誕生日だっていうのに、こんな所で悪いな。プレゼントも、家に置きっぱなしだ」

名古屋駅に近い場所のビジネスホテルに入ってから、加藤はそう言った。

部屋は確かに簡素だが、そんな事はどうでも良い。

「どこだって、孝秋さんといられればいいです」

そう答えると加藤が狼狽《うろた》えたように「今日は本当にどうしたんだ?」と訝《いぶか》しげに首を傾《かし》げる。

「それに仕事を終えて名古屋に来たにしては随分《ずいぶん》早いな」

訊《き》きたい事がたくさんあるのは分かるが、典型的なリアリストにどこから説明すればいいのか分からない。それに話したって、どうせ信じはしないだろう。

だから加藤の唇《くちびる》を、自分のそれで塞《ふさ》ぐ。事故現場で名前を確認《かくにん》された後、加藤は病院を断って、ホテルを探した。現場から一番近いこのホテルに入って、夕食もまだ済ませていない。

けれどそんな物より先に、もっと虚《うつ》ろになった胸の内側を満たしてしまいたくて、自分から何度も口づけた。失い掛《か》けた存在を確かめるように背中に腕《うで》を回して、より体を密着させる。

「孝秋さん、もっと」

何か言いたげな加藤にやんわりと肩を押されて唇が離れた。それが寂《さび》しくて、強請《ねだ》るように呟くと、今度は加藤の方から口づけられる。触《ふ》れ合っていると安心できた。温《ぬく》もりを失《な》くしてしまうのが怖《こわ》くて、息継《いきつ》ぎさえ惜《お》しい。自分から舌を絡《から》ませると背中を撫《な》でられた。

俺の不安を見透《みす》かした加藤が「大丈夫だから」と囁《ささや》く。だけどまだ恐怖《きょうふ》は消えない。本当は何があったのか全《すべ》て共有したいのに、それができずにもどかしい気持ちで、首筋に顔を埋《うず》める。

「孝秋さん」

名前を呼ぶと「風呂《ふろ》入ってからな」と、少し照れたような声で言われた。

「忙《いそが》しくて、二日入ってねぇんだよ」

加藤は意外と綺麗《きれい》好きだ。そんな加藤が風呂に入ってないなんて珍《めずら》しい。今日、俺と会うために無理をしたのかもしれない。そう思ったら堪《たま》らなくなって、「じゃあ、一緒《いっしょ》に入ります」とろくに考えもせずに口に出していた。

「お前、何かあったのか？」

「駄目ですか？」

「……今日はお前の誕生日で、俺の誕生日じゃないだろ」

そう言いながら、加藤はプレゼントの包装紙を開けるような丁寧《ていねい》さで俺のネクタイを解く。

その際に加藤の腕《うで》時計《けい》が壊《こわ》れている事に気付いた。硝子《ガラス》が砕《くだ》けて、中の針も止まっている。

「これ、どうしたんですか？」

「あ？　ああ、一回頭を打ち付けて気絶したときに、一緒に壊れたみたいだな」

他人事《ひとごと》のように言った加藤の手から、時計を外す。

定評のあるメーカーの時計だから、並の衝撃《しょうげき》ではここまでは壊れないだろう。そう思うと、どれ程強く加藤が頭を打ち付けたのか想像して、指先が震《ふる》えた。その震えは、体にも伝わる。

「寒いのか？」

「少し」

そう答えるとすぐにユニットバスに連れて行かれた。ビジネス用のホテルだから、バスルームはトイレと一緒で狭《せま》いが、そんな事は気にならない。

自分の服を脱《ぬ》いで照明を落とそうとする加藤の指を捉《とら》えて「明るいままで」と口にした。

「孝秋さんの事、ちゃんと見たい」

そう言うと荒々《あらあら》しく口づけられた。立ったまま狭いバスタブの中で触れられる。舌を吸われながら下肢《かし》に触れられて、もう既《すで》に勃《た》ち上がりかけたそれを手の中で弄《いじ》られると、すぐに息が上がる。壁《かべ》に背中を付けて、目の前の男を見上げた。興奮している瞳を見て「俺も触《さわ》りたいです」と呟《つぶや》くと、「これ以上煽《あお》るなよ」と、獰猛《どうもう》な本性《ほんしょう》を押し殺すような声で言われる。

二回目に抱《だ》いたときは、俺の意見なんて無視して強引《ごういん》に触れてきた癖《くせ》に、と普段《ふだん》は鬼《おに》の癖に求められる事に弱いのが、おかしかった。

「俺も、男ですから……好きな人には触りたいです」

そう言ってシャワーを出す。液体のボディソープを手に零して加藤の体に触れた。筋張った腕や胸の筋肉に触れる。洗うと言うよりは撫でるように手を滑《すべ》らせた。明るい室内で浅ましく求める事を恥《は》ずかしいと思う気持ちよりずっと、その体をよく見たいという想いが強かった。

引き締まって割れている腹筋の上に手を滑らせていると、硬《かた》くなった欲望《よくぼう》に指が触れる。

「っ」

小さく息を飲む男の頬に唇を押し当てながら、ソープでぬるついた手をそこに滑らせた。

「朔」

切羽詰《せっぱつ》まった声を聞きながら「ん」と頷《うなず》く。自分の物に触れられている訳でもないのに、ひどく興奮した。手の中の物が厚く張り詰めるたびに、喉《のど》が渇《かわ》く。

間近に迫《せま》った加藤の伏《ふ》せた睫《まつげ》を見ていると、そこに唇で触れたくなった。そんな事を考えていると、薄《うす》く開いていた瞳《ひとみ》が俺を捉える。目が合った瞬間《しゅんかん》、じわりと腰《こし》が重くなった。

「んっ、あ」

不意に腰を掴まれる。加藤の指は下がって双臀《そうでん》の間にある最奥へ伸《の》ばされる。

「ま、っう、ん」

している分にはいいが、される事には戸惑《とまど》いを覚えて腰を退《ひ》こうとすると、指が中に入ってくる。柔《やわ》らかな内側を擦《こす》られると、途端《とたん》に膝《ひざ》ががくんと揺《ゆ》れた。

「孝秋さん、待ってって、俺、や」

内側でくちくちと指を動かされ、加藤の欲望に触れたまま背中を反らせる。

「ん、っん」

先に加藤だけいかせようと思っていたのに、中に触れられると手が覚束《おぼつか》なくなる。

それだけじゃなく立っているのも辛《つら》くて、かくんと膝が落ちた。バスタブの底に座り込むと、指が抜《ぬ》けてほっとする。顔を上げると丁度、屹立《きつりつ》した加藤のそれが目の前にあった。

いつの間にかバスタブの床《ゆか》に落としていたシャワーのノズルを拾って洗い流してから、唇で触れる。そうされるとは思わなかったらしく、目の前の腹がびくりと揺れた。

された事もないし、勿論《もちろん》した事もない。一応、知識としては知っているけれど、どうするのか分からずに、おずおず先の方を口の中に入れる。

「んー……」

だけど咥《くわ》えたはいいが、その次に何をしたらいいのか分からずに、すぐに口から出してしまった。先端《せんたん》の括《くび》れを舌でそろりと舐《な》めると、荒《あら》い息が落ちてくる。これで正解なんだろうか、と何度も張り出した場所を舌を伸ばして舐めていると、ぽたりと咥内に溜《た》まっていた唾液《だえき》が零《こぼ》れる。顎《あご》を汚《よご》したそれを、加藤の指で拭《ぬぐ》われた。

「どう、したら気持ちいいですか？」

唇の上をなぞる指を舌で舐めながら訊《たず》ねる。

エレベータの中で加藤は「全部経験させてやる」と以前、口にした。実際、あらゆるジャンルで加藤は俺より経験豊富だ。それに気持ちよくしたい相手に尋《たず》ねるのが、一番確実だと思った。

「どんな風に、舐めればいいですか？」

しかし加藤は恥《はじ》を忍《しの》んで訊ねた俺の腕を、痛いほど強く掴《つか》んだ。座り込んでいた体を強引に立たされて、怒《おこ》っているような仕草に戸惑っていると、唇《くちびる》を吸われた。

「あ、ん、む……っ」

そのまま加藤の唇が胸に落ちる。胸の先をきつく吸われ、腰が揺れた。

「っ、孝秋さん、俺が……っ」

「教えて欲しいんだろ？　ちゃんと、教えてやる」

唇は胸から腹を辿《たど》って、はしたなく勃ち上がった場所に触《ふ》れる。

「っ、ぁ」

震える先端が咥内に飲み込まれるのを見て、思わず息を飲んだ。逃《に》げようとした背中が壁にぶつかる。人の口の中は、熱く蠢《うごめ》いていて、触れているところが溶《と》けていきそうだった。

「う……う……ぁ」

舌がざわざわ動く度に、自分の先端に淫液《いんえき》が滲《にじ》む気がして腰を引くと、その分深く咥え込まれる。

逃げ場がないほどぴたりと尻《しり》を壁に合わせる頃《ころ》には、根本まで深く咥えられていた。

「や、ぁ、……っ、も、出る、いく、孝秋さん、っ」

体を丸めて、抱《かか》え込むようにしてその背中に縋《すが》る。じゅっと、音を立てて吸われ、足が震えた。まだ舌で触れられたばかりだ。自分でも早いとは思ったが、強すぎる刺激《しげき》に我慢《がまん》が利かない。がくがくと足が震えて「もう、やだ」と泣き声が漏《も》れる。

「出せよ」

一度唇が離《はな》れ、加藤がそう言って根本に口づけた。睾丸《こうがん》を指で軽く押されて、びりびりと電流のような快感が走る。

「あ、っ……や、い、く」

限界を感じて目を閉じかけたときに、再び性器を咥えられた。加藤の口の中に出すのは駄目《だめ》だ、と思うのにもう耐《た》えることが出来ずに、再び音を立てて吸われて喉の奥の方に向けて精液を吐《は》き出してしまう。

「あ、……う、ごめんなさ、い……俺……」

取り繕《つくろ》おうとすると、舌が敏感《びんかん》な先端に伸ばされる。ぐりぐりと押されて、吐き出しきれなかったものが、とぷりと零れるのが分かった。

「っ、あ、っ」

俺の欲望を咥えたまま、加藤が白濁《はくだく》を嚥下《えんか》するのが口の中の動きで分かり、かあっと顔だけでなく体中が熱くなる。口が離れ、荒い息を吐きながらずるりと再びバスタブの底に沈《しず》む。

目の前にある加藤の唇が濡《ぬ》れているのを見て、先程《さきほど》まで忘れていた羞恥心《しゅうちしん》で頭の中がいっぱいになり、じわりと目が潤《うる》んだ。

「泣くほど気持ちよかったのか？」

眦《まなじり》に加藤の指が触れる。確かに今までに無いほど気持ちよかったけれど、同時に凄《すご》く恥ずかしい。自分が同じように加藤を満足させられるとも思えなかった。それでも続きをしようと、まだ一度も達してない性器に指を伸ばすと、その手を取られた。

「いい、それより早く抱きたい」

齧《かじ》り付くように耳に唇が触れる。やっぱり良くなかったんだな、と少し悲しくなりながらも繋《つな》がりたいのは俺も同じだったから、大人しく従って浴室を出た。

裸《はだか》のままベッドに近づくと、突《つ》き飛ばされるように押し倒《たお》されて、存外加藤が焦《じ》れていた事を知る。荒々《あらあら》しく覆《おお》い被《かぶ》さられて、これからされる事を想像すると背中が震《ふる》えた。

ルームライトが点《つ》いたままの明るい部屋だから、浴室と同じで目の前の男の顔がよく見える。その事に安堵《あんど》しながら、間近にある唇に自分から唇を寄せた。

「ふっ……ぁ」

舌を入れると、先程自分が吐き出した物の味がする。まずいそれを拭うように、舌を絡《から》めて唾液を吸っていると、キスが解かれて咥内に指が入ってきた。

舌を指で撫《な》でられ、くすぐったさと気持ちよさの中間のようなそれに戸惑いながら加藤を見上げると、指を引き抜かれて口の端《はし》に零れた唾液を唇で拭われた。

そうやって俺が濡らした指は、先程中途半端《ちゅうとはんぱ》に解《ほぐ》された場所に入りこんできた。

「んっ、んー……っ」

「嫌《いや》がってんのもいいけど、積極的なのもいいな」

見ているだけでぞくりとするような顔で、加藤が笑う。思わず体の中の指を締《し》め付けてしまうと、体が離れて足首を摑まれた。そのまま脚《あし》を大きく開かれて、その間に加藤が座り込む。

再び指で最奥を弄られる。そのせいで、達したのにまた性器が張り詰めていた。

「あ」

指だけで高ぶってしまう。だけど繋がったらもっと気持ちいい事を知っている。

「孝秋さん」

焦れて、早く、と言う代わりに幹を指先で辿った。するとふっと、熱を逃がすように加藤が息を吐いて、先端が押し当てられた。それだけで、期待で胸が激しく高鳴る。

ぞくぞくしながら目の前の男を見つめる。

「普段《ふだん》は、澄《す》まして見えるのに、お前、気持ちいいときは本当に良さそうな顔するよな」

目が合うと、加藤は掠《かす》れた声でそう言って、俺の脚を抱えたまま入りこんでくる。

「あっ、あ………っう、あ」

自分でもどきりとするほど大きな声が漏れる。覚悟《かくご》していたのに、予想以上の快感と圧迫《あっぱく》感に体が震えた。けれどそんな俺の状態を顧《かえり》みずに、加藤はずぷずぷとそれを押し進めて来る。

「あ、駄目、待って、くださ、い……もっと、ゆっくり、じゃないと俺」

じゃないとまた加藤を置いて一人で達してしまう。

「待ってやれるほど余裕《よゆう》がない。ゆっくりすんのは、また今度な」

「ん、っん」

奥の方まで入ってくるそれが怖《こわ》くなって、俺の腰《こし》を摑んでいる加藤の手に触れる。

「孝秋さん」

加藤の視線は、繋がった場所に向けられていた。見られていると思うだけで、体の奥がざわめく。普段閉じている穴は、限界まで広がってぴたりと加藤のそれに吸い付いているのだろう。

「あ、……っ、……あ」

ずるずると飲み込まされて、すぐに圧迫感で一杯《いっぱい》になった。

体の深い場所まで加藤の性器を受け入れると、充足感《じゅうそく》で胸が満たされた。

「朔」

キスをするために、加藤が体を寄せると角度が変わって、受け入れている部分が切なく蠢く。

舌を絡ませながら脚を震わせていると、太腿《ふともも》の辺りを手でさすられた。

「あ……ぁ」

「お前、もう俺のなんだよな」

感慨《かんがい》深げに、加藤が口にする。

告白したのはもう何日も前だ。その頃から付き合っている。だけど今日まで俺は加藤とはすぐに別れると、半ば諦《あきら》めていた。そんな態度が加藤にも伝わっていたのかもしれない。だから今更《いまさら》、そんな当たり前のことを確認《かくにん》してくるのだろうか。

「ん」

唇を合わせながら頷《うなず》くと、ふっと目の前の唇が微笑《ほほえ》んだ。

「ならいい」

その顔を見ながら、好きだな、と思った。この先ずっと一緒《いっしょ》にいられるなんて、嬉《うれ》しい。

目の前の男の顔に見惚《みと》れていると、急に中に入った物を動かされて、びくりと膝《ひざ》が跳《は》ねる。

「っ、あっ」

突き上げられながら、じっと加藤の顔を見上げた。ふと、初めて会ったときに格好いい人だと思った事を、唐突《とうとつ》に思い出した。その相手にまさか自分が抱《だ》かれる事になるなんて、あのときは想像もしなかった。新人時代は散々怒《おこ》られて叱《しか》られて、それでも見限られるのが嫌で努力した。憧《あこが》れていた。その気持ちは今も変わらない。仕事のときに怖いと思うのも、変わらない。

だけど同時に触《ふ》れて欲しい、触れていたいと思うくらい愛《いと》しく思っている。加藤に対する感情の抽斗《ひきだし》が、最近随分《ずいぶん》増えた。

「っ、あ、いっ、い、孝秋さん……っ、ん」

「朔」

深い場所を抉《えぐ》られる度《たび》に、シーツに背中が擦《こす》れる。

顔の横についた加藤の手と、俺の痣《あざ》のない小指を見つめた。無性《むしょう》に手を繋ぎたくなって、人差し指とシーツの隙間《すきま》に自分の指を入れると、意図に気付いた加藤が指と指を絡めるようにして、手を繋いでくれた。

「っ、は、お前、かわいいな」

荒《あら》い息の間に切れ切れに加藤がそう言って、強く手を握《にぎ》ってくれる。

「んっ、あ」

その指を握り返しながら、達しそうになるのを耐《た》えた。激しく揺さ振《ぶ》られながら、加藤のそれが限界を迎《むか》えるのを待つ。男なのに、注ぎ込んで欲しいと思う自分の思考に呆《あき》れながらも、目前に迫《せま》ったその瞬間《しゅんかん》を想像して、きゅうっと腹の奥が締まる。

「っ、朔」

「ん」

掠れた加藤の声を聞いて、ぞくぞくと背中が震えた。もうすぐだ、と熱い欲望《よくぼう》が爆《は》ぜるのを期待して息を飲む。

「っ、は」

加藤は吐《は》き出す瞬間、食《く》らいつくように唇《くちびる》を重ねてきた。

「ん、んんっ、んっ」

中を熱い白濁《はくだく》で満たされて、俺も殆《ほとん》ど一緒に達する。指先まで震える程に気持ちよかった。満たされていて心地《ここち》よくて幸せで、そんな気持ちを伝えたくて繋《つな》いだ手を放さないまま、「好きです」と告げたら、加藤が満足げに笑った。

プレゼントが無くても、そんな風に恋人《こいびと》が笑ってくれるだけで、たぶん今日は今までの誕生日で一番幸福だと、強く加藤の手を握り締めながら神様に感謝した。

◆◆◆

翌日は急遽《きゅうきょ》有給をとった。

幸いにも急ぎの仕事はなかったものの、苦い顔をしている部長の前で主任に仮病の電話をかけるのは、かなり胃が痛い行為だった。

土曜日に夜行バスで東京に戻《もど》りそのまま週末は加藤の部屋で過ごしたが、月曜日に出社する前に着替《きが》えのために一度自宅に戻った。

家を出るときに渋《しぶ》られて、「もう少し傍《そば》にいろ」と、歯を磨《みが》いているときも食事の最中も背中に抱きつかれたが、「遅刻《ちこく》したらあなたに怒られるんですよ」と言って、追い払《はら》った。

一緒にいるときは気にならなかったが、部屋で着替えようと服を脱《ぬ》いだときに、全身に散らばった痕《あと》に気付く。上半身だけでも酷《ひど》いことになっているのだから、下半身は見たくなかった。

自分でも普段滅多《ふだんめった》に見ないような場所も、散々吸われて甘噛《あまが》みされた記憶《きおく》がある。

背中の方にもあるのだろうかと、肩越《かたご》しに背後を見ていると、ノックも無しにドアが開いた。

「朔。次の三者面談だけど、これ母さんに頼《たの》んでも……」

そう言ってプリントをひらひらさせる望と目が合い、びくりと固まる。

「引くわ」

望は俺の体を見て簡潔にそう言うと、バタンとドアを閉める。

平均が分からないが、年齢《ねんれい》のわりに遊んでいる望に引かれるほどの事態なんだろうか。

占有権《せんゆうけん》を主張するように体中についた痕を、見ないように着替えて、加藤から誕生日プレゼントで貰《もら》った時計を着けて、居間に下りる。居間では祖母がお茶を飲んでいた。

「朔、朝ご飯用意したわよ」

食事を取っていると、恐《おそ》らく会社に着くのは始業ぎりぎりだろうが、にこにこと微笑んでいる祖母を無下にもできずにテーブルに着く。

「それで、朔、誕生日はどうだったの？　素敵《すてき》なデートになった？」

「うん、まぁ、うん」

相手が男性だとは決して言えない。だけど生まれてきて一番幸福な誕生日だった。

「そう。良かったわぁ。お祖母《ばあ》ちゃんね、この間お祈《いの》りしたのよ。あなた達兄弟三人がこれから何不自由なく幸せに暮らせるようになってね」

へえ、と聞き流そうとして珈琲《コーヒー》を飲む手が止まる。

「お祈りって、何に？」

死んだ祖父の仏壇《ぶつだん》か、神棚《かみだな》か何かだろうか、それとも。

「ほら、あの古い祠《ほこら》の」

「……いくら入れた？」

「さあ、いくらだったかしらねぇ。ほら、お祖母ちゃんが貯《た》めてる五円玉、アレを全部入れてきたんだけどね。それが不思議なのよ、帰ろうとしたら祠の中から〝何円分あるんでしょう？五百円超《こ》えてるんでしょうか？〟って声と一緒に、小銭《こぜに》を数えるような音が聞こえたのよ」

不思議ねぇ妖精《ようせい》さんかしらと笑う祖母を見て、先着三人目の正体を知る。

——むしろそういう抽象《ちゆうしよう》的な願いの方が、揚《あ》げ足取りの神様には良いのかも知れない。

食事を終えて家を出ると、連日の寒さが嘘《うそ》のように暖かかった。コートは必要なさそうだ。

穏やかな気候に、清々《すがすが》しい気分で会社に向かう。

オフィスに入ると、同僚《どうりよう》はみんなデスクに着いていた。当然加藤もいる。

「十一時から十分間ミーティングをやる。都合がつかないものはいるか？」

始業してすぐに、加藤がそう口にする。今朝、俺を引き留めるためにネクタイを返してくれなかった男は、そんな事まるで無かったかのように普段《ふだん》通りに振る舞《ま》っていた。

俺の肌《はだ》にはまだ加藤の指の余韻《よいん》が残っているのに、それを与《あた》えた本人が平然としているのは、少し不満だった。かといって、ベッドの中のような目を向けられても困るが。

今日は外出予定が三件入っていたので、ミーティングの後は取引先の会社を渡《わた》り歩いた。会社に戻れたのは終業時間を過ぎてからだった。先週の打ち合わせの報告書がまだできていなかったので、一人きりでオフィスに残って黙々《もくもく》と書類を作っていると、加藤が戻ってくる。

「なんだ、お前一人か？」

「はい」

そう答えてかちかちとキーを打っていると、不意に項《うなじ》を音を立てて吸われた。

「っ」

反射的にそこを押さえて振り返る。

「やめてください」

恥《は》ずかしいのと、TPOを考えてそう口にすると「悪い」と言われたが、悪びれた様子はない。それどころか項を押さえる指に唇で触《ふ》れられ、「部長」と再度咎《とが》めるはめになる。

「うん」

やめる気配のない男に「仕事が終わるまで待ってください」と口にする。

「終わったら好きにしていいのか」

「そ、そこまで言ってないです！　あと、家に帰るまでが仕事ですからね」

勝手に解釈《かいしゃく》している恋人を赤くなった顔で睨《にら》む。公私の区別ができる人だと思っていたが、二人きりになった途端《とたん》に触れてきた加藤に、俺がしっかりしなければと決意を新たにする。

しばらくすると、加藤は内線で呼び出されて俺は再びオフィスに一人になった。

二人きりだと意識してしまうのに、一人だと少し寂《さび》しさを感じる。

俺も加藤の事は言えないと、自戒《じかい》しながらプリントアウトした書類をペーパークリンチで留めるために抽斗《ひきだし》を開けたとき、本来そこにあるべきではないものを見付ける。

「……」

一旦《いったん》、抽斗を仕舞《しま》った。それから、見間違《みまちが》いでないか確かめるためにもう一度開ける。

ペンと鋏《はさみ》の間で横になって眠《ねむ》っているそれは、間違いようもなく例の小さい神様だった。

「……何してるん、ですか？」

今まで色々あったが、結果的には俺に幸福を運んできた神様に問い掛《か》ける。

室内の灯《あか》りが眩《まぶ》しかったのか、目をゴシゴシ擦《こす》りながらそいつは起きあがって伸《の》びをした。

それから自分の衣服に皺《しわ》が寄ってしまっているのを見て、渋い顔でパンパンと袖《そで》や裾《すそ》を叩《たた》く。

「何って、幸せになったかどうかの確認《かくにん》ですよ。とりあえず、死ぬまで定期的に貴方がた兄弟を見回りに来ますから」

「死ぬまで……!?」

「言っておきますが、貴方《あなた》の百万倍私の方が嫌《いや》です。まぁ、貴方達を殺してしまえば早いんですが、それは八百万《やおよろず》連盟の倫理《りんり》規定に抵触《ていしょく》するので。除名処分は私も嫌ですし。全く、こんな事なら期間限定にすべきでした。年寄りは図々《ずうずう》しいというか、空気が読め……」

俺の願いを叶《かな》えてくれて、今後も幸せになるまで見守ってくれるという存在に対して、本来ならば感謝すべきだが、祖母の事を馬鹿《ばか》にされて思わず反射的にぎゅっと握《にぎ》ってしまった。

しかし力を入れすぎて慌《あわ》てて手を放すときに、神様が「きゅん」とやけに動物的な声で鳴く。

「!?」

改めて得体が知れないと思っていると、がちゃりとオフィスのドアが開く。

入ってきた加藤は、デスク上で恨《うら》めしそうに俺を見ている神様に視線を向けた。

見えているのかと驚《おどろ》いたときに、「人形なんか持ってくるな」と呆《あき》れた顔で忠告される。

その瞬間《しゅんかん》、ばっと神様は起き上がり、俺と加藤の二人を睨み付けた。どうやら「人形」だと云《い》われた事も、手できつく握られた事も頭に来ているようだ。

「よくも愚弄《ぐろう》したな！　二人とも覚えていろ！　幸せにしてやるが、多少は不幸にもしてやるからな！」

そう言うと、神様は次の瞬間跡形《あとかた》もなく消える。加藤と折角《せっかく》気持ちが通じ合った後にもかかわらず、新しい波乱の予感に思わず俺は頭を抱《かか》えた。

あとがき

こんにちは、成宮ゆりです。

本日は『カラダも心も縁結び！』を手にとって頂き、ありがとうございます。


思わずその胸元に飛び込みたくなるような表紙を描《か》いて下さったのは、沖銀ジョウ先生です。

大人の魅力《みりょく》に溢《あふ》れた加藤があまりにも格好良くて、仕事も忘れてついつい目を奪《うば》われてしまいます。主人公の寺山も繊細《せんさい》そうで冷たく見えるのにも拘《かかわ》らず、そこに感情が乗ると途端《とたん》に愛らしくなる様がとても可愛《かわい》らしいです。

そして自称《じしょう》神様まで丁寧《ていねい》に描写《びょうしゃ》して頂けて、幸せです。

お忙《いそが》しい中、拙作《せっさく》には勿体《もったい》ないほど素敵《すてき》なイラストを、どうもありがとうございました。


本作は「二人にしか見えない赤い糸で繋《つな》がれ（物理的に）離《はな》れることができない話」とのご要望で制作させて頂きました。「ロマンチックファンタジー推《お》しかな」と思い、一応そこを目指したのですが、着地点が当初の予定と大幅《おおはば》にずれてしまった気がします。

離れすぎると小指が千切れる（物理的に）設定、マスコットキャラにしようと思ったのに外見以外可愛い要素がない自称神様、主人公が意外と普通《ふつう》に社会人生活を営んでいることなどがずれの原因であるとは思いますが、悔《く》いはありません。尤《もっと》も、今後〝小さいの〟にありがた迷惑《めいわく》を掛《か》けられる予定の、寺山家の男子達には同情を禁じ得ませんが。

個人的には今後繰《く》り広げられるであろう、加藤と自称神様の対決にとても興味を覚えています。

そして担当様、いつもアドバイスやお気遣《きづか》い、誠《まこと》に痛み入ります。

エレベータのシーンを沖先生のイラストで見たいと密《ひそ》かに思っていたので、そこにイラスト指定が入っていたときはとても嬉《うれ》しかったです。また「校正時に直したくなる病」が徐々《じょじょ》に快方に向かっているので、このまま寛解《かんかい》に向けて頑張《がんば》ります。

最後になりましたが、読者の皆様《みなさま》。あとがきまで読んで頂き、ありがとうございます。

ロマンチックファンタジーという括《くく》りからは外れてしまいましたが、苦手な上司と物理的に見えない糸で繋がってしまった部下の苦悩《くのう》や、男としての主人公のジレンマを少しでも楽しんで頂けたら幸いです。

いつも季節のお便りや御意見ご《ご》感想、大切に読ませて頂いております。心の定着液です。

それではまた皆様にお会いできることを祈《いの》って。

平成二十五年二月　　　　成宮　ゆり

KADOKAWA RUBY BUNKO

カラダも心《こころ》も縁結《えんむす》び！

成宮《なりみや》ゆり

角川ルビー文庫　R 110-28　17905

平成25年 4 月 1 日　初版発行

発行者――井上伸一郎
発行所――株式会社角川書店
東京都千代田区富士見2-13-3
電話/編集(03)3238-8697
〒102-8078
発売元――株式会社角川グループパブリッシング
東京都千代田区富士見2-13-3
電話/営業(03)3238-8521
〒102-8177
http://www.kadokawa.co.jp
印刷所――旭印刷　製本所――BBC
装幀者――鈴木洋介

ISBN978-4-04-100810-2　C0193　定価はカバーに明記してあります。